當代中文課程①

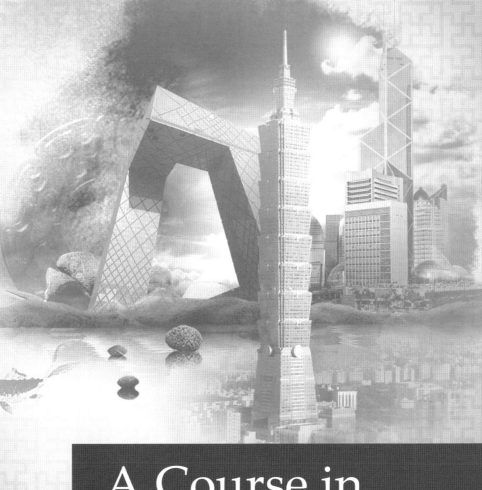

A Course in Contemporary Chinese

Character Workbook 漢字練習簿

國立臺灣師範大學國語教學中心 策劃
Mandarin Training Center National Taiwan Normal University

主編／鄧守信　編寫教師／王佩卿、陳慶華、黃桂英

目 次

漢字練習簿 | 體例說明

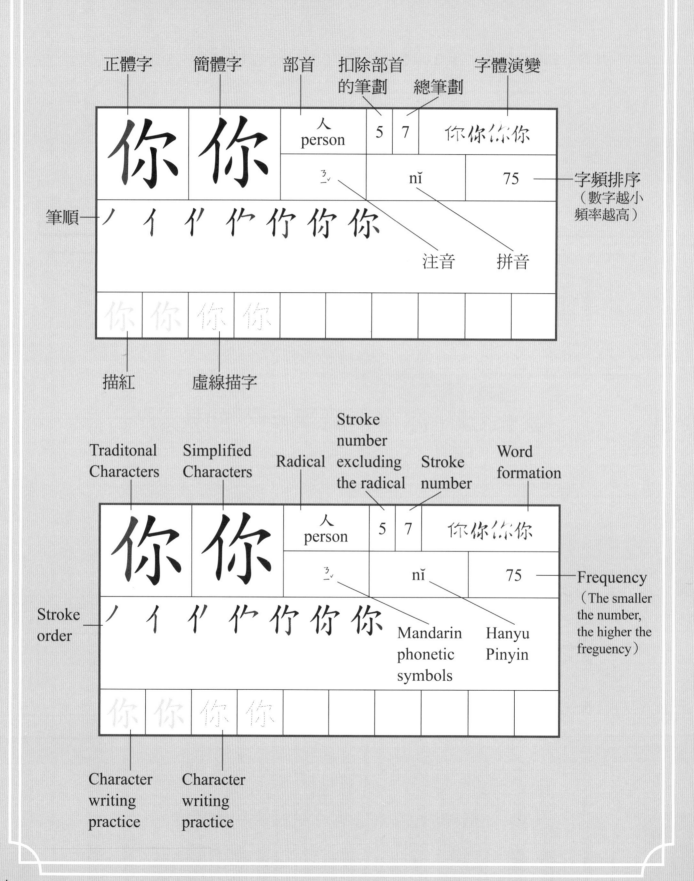

正體字　簡體字　部首　扣除部首的筆劃　總筆劃　字體演變

你 你		人 person	5	7	你你你你
		ㄋㄧˇ		nǐ	75
ノ イ イ 仁 仁 你 你					
你 你 你 你					

筆順

描紅　虛線描字

注音　拼音

字頻排序（數字越小頻率越高）

Traditonal Characters　Simplified Characters　Radical　Stroke number excluding the radical　Stroke number　Word formation

你 你		人 person	5	7	你你你你
		ㄋㄧˇ		nǐ	75
ノ イ イ 仁 仁 你 你					
你 你 你 你					

Stroke order

Mandarin phonetic symbols　Hanyu Pinyin

Frequency（The smaller the number, the higher the freguency）

Character writing practice　Character writing practice

4

陳 陈			阜 plenty	8	11	陳 歸 陳 陳 陳 陳
			ㄔㄣˊ		chén		898

丶 乛 阝 阝 阝 阝 阝 阝 阝 陳 陳
陳

陳	陳	陳	陳						

月 月			月 moon	0	4	☽ ☽ ☽ 月 月 月 月
			ㄩㄝˋ		yuè		297

丿 刀 月 月

月	月	月	月						

美 美			羊 sheep	3	9	美 美 美 美 美 美 美
			ㄇㄟˇ		měi		106

丶 丷 丷 丷 羊 羊 羊 美 美

美	美	美	美						

李李		木 tree	3	7	☰☰ 李 李 李 李
		ㄌㄧˇ		lǐ		612

一 十 才 木 杢 李 李

李	李	李	李						

明明		日 sun	4	8	明 明 明 明 明 明 明
		ㄇㄧㄥˊ		míng		110

丨 冂 月 日 日 明 明 明

明	明	明	明						

華华		艸 grass	8	12	華 華 華 華 華 華
		ㄏㄨㄚˊ		huá		405

丶 十 十 艹 芒 芦 芒 茫 菩

菩 華

華	華	華	華						

王	王		玉 jade	0	4	太 王 王 王 王 王
			ㄨㄤˊ		wáng	417

一 三 干 王

開	开		門 door	4	12	開 開 開 禾 開
			ㄎㄞ		kāi	55

｜ 丨 冂 冂 冋 冋 門 門 門 門 門

開 開

文	文		文 writing	0	4	夾 仌 夻 文 文 文 文
			ㄨㄣˊ		wén	95

丶 一 亠 文

你你	人 person	5	7	你你你你
	ㄋ一ˇ		nǐ	75

ノ イ イ 你 你 你 你

你 你 你 你

來来	人 person	6	8	來來來來來來來
	ㄌㄞˊ		lái	11

一 十 才 才 才 来 來 來 來

來 來 來 來

是是	日 sun	5	9	是是是是是是
	ㄕˋ		shì	5

丨 冂 日 日 旦 早 早 是 是

是 是 是 是

小 小		小 small	0	3	丨 小 川 小 小 小
		ㄒㄧㄠˇ		xiǎo	20

丨 小 小

第
一
課

姐 姐		女 female	5	8	姐 姐 姐 姐 姐
		ㄐㄧㄝˇ		jiě	940

乚 夕 女 奵 如 妡 姐 姐

嗎 嗎		口 mouth	10	13	嗎 嗎 嗎 嗎
		˙ㄇㄚ		ma	626

丶 丨 口 口 叮 吓 吓 吓 嗎 嗎
嗎 嗎 嗎

接接	手 hand	8	11	懷接接搖接
	ㄐㄧㄝ		jiē	247

一 丁 扌 扩 扩 扩 扩 护 挤 接

接

| 接 | 接 | 接 | 接 | | | | | | |

我我	戈 spear	3	7	扎找我我我乐我
	ㄨㄛˇ		wǒ	4

一 一 千 手 我 我 我

| 我 | 我 | 我 | 我 | | | | | | |

們们	人 person	8	10	們们们們
	ㄇㄣ˙		men	15

丿 亻 亻 们 们 们 們 們 們

| 們 | 們 | 們 | 們 | | | | | | |

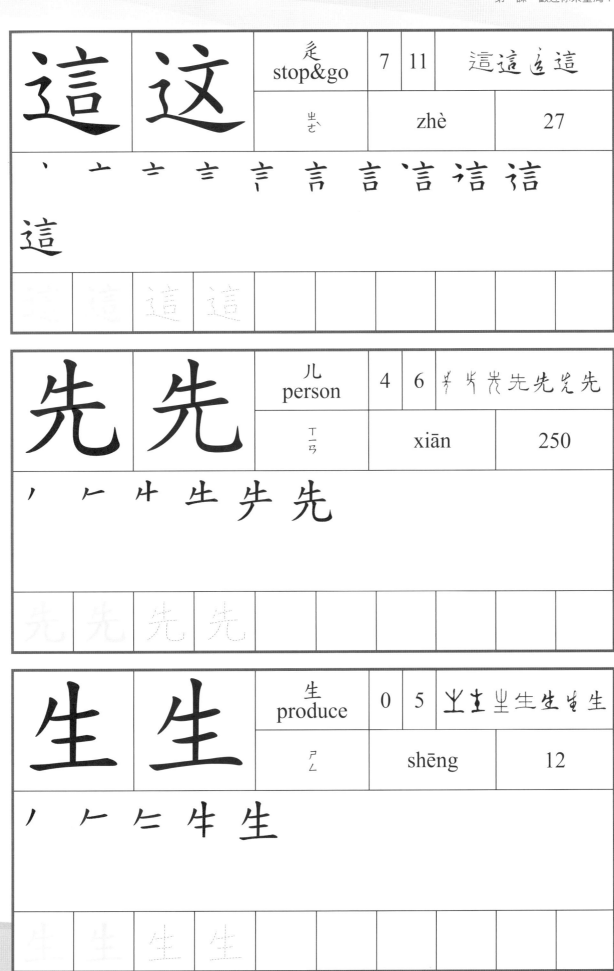

這 这			辵 stop&go	7	11	這這這這
			ㄓㄜˋ		zhè	27

丶 一 亠 亖 言 言 言 言 讠 讠 讠

這

先 先			儿 person	4	6	先 先 先 先 先 先 先
			ㄒㄧㄢ		xiān	250

丿 一 牛 生 牛 先

生 生			生 produce	0	5	生 生 生 生 生 生 生
			ㄕㄥ		shēng	12

丿 一 牛 生 生

好 好		女 female	3	6	好 好 好 好 好 好
		ㄏㄠˇ		hǎo	54
ㄑ ㄠ 女 女ˊ 奵 好					
好	好	好	好		

姓 姓		女 female	5	8	姓 姓 姓 姓 姓 姓
		ㄒㄧㄥˋ		xìng	1555
ㄑ ㄠ 女 女 女ˊ 女ˊ 姓 姓					
姓	姓	姓	姓		

叫 叫		口 mouth	2	5	叫 叫 叫 叫 叫
		ㄐㄧㄠˋ		jiào	463
ㄧ 丨 口 口 叫 叫					
叫	叫	叫	叫		

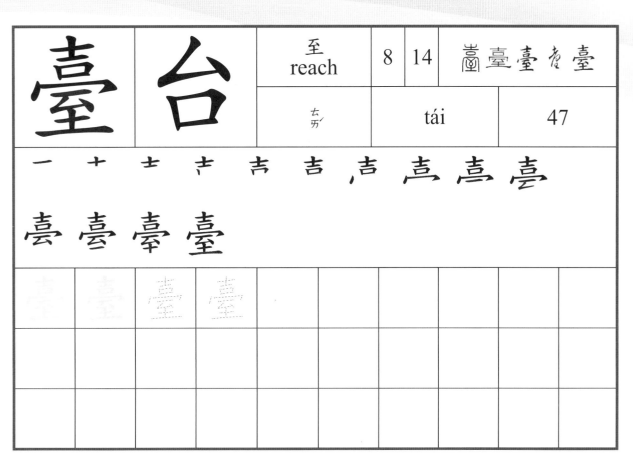

臺	台	至 reach	8	14	臺臺臺臺臺
		ㄊㄞˊ		tái	47

一　十　士　吉　吉　吉　吉　亭　亭　臺

亭　臺　臺　臺

臺	臺	臺	臺						

灣	湾	水 water	22	25	灣灣灣灣
		ㄨㄢ		wān	143

丶　冫　氵　氵　汇　沽　沽　沽　沽　沽

沽　沽　滐　滒　灣　灣　灣　灣　灣　灣

灣　灣　灣　灣　灣

灣	灣	灣	灣						

第一課

歡 欢		欠 owe	18	22	歡歡歡歡歡
		ㄏㄨㄢ		huān		329

丶　丷　艹　艹　艹　艹　艹　莌　莌　苩

芦　芦　芦　芦　萑　萑　萑　萑　萑　雚

歡　歡

歡	歡	歡	歡					

迎 迎		辵 stop&go	4	8	迎迎迎迎迎
		ㄧㄥˊ		yíng		882

丶　乚　卬　卬　卬　迎　迎

迎	迎	迎	迎					

第一課

| 請请 | 言 speech | 8 | 15 | 請請請请请 |
| | ㄑㄧㄥˇ | | qǐng | 607 |

、　亠　亠　言　言　言　言　訂　訌　訄

訏　訃　請　請　請

| | | 请 | 请 | | | | | | |

| 問问 | 口 mouth | 8 | 11 | 問問問问问問 |
| | ㄨㄣˋ | | wèn | 159 |

丨　冂　冂　冋　門　門　門　門　問

問

| | 問 | 問 | 問 | | | | | | |

| 的的 | 白 white | 3 | 8 | 的的的的 |
| | ㄉㄜ˙ | | de | 1 |

ノ　亻　白　白　白　的　的　的

| 的 | 的 | 的 | 的 | | | | | | |

15

謝 谢		言 speech	10	17	謝謝謝心謝
		ㄒㄧㄝ		xiè	628

` 丶 亠 ㅗ 言 言 言 言 訁 訇
訇 訇 訇 謅 謅 謝 謝

謝	謝	謝	謝						

不 不		一 one	3	4	丕不不不不ふ不
		ㄅㄨ		bù	2

一 ア 不 不

不	不	不	不						

客 客		宀 roof	6	9	客客客客客客
		ㄎㄜ		kè	402

丶 丶 宀 宀 夗 安 安 客 客

客	客	客	客						

氣	气	气 air	6	10	氣 氣 氣 氣 氣
		ㄑㄧ		qì	111

ノ　ト　ト　气　气　氕　氝　氣　氣　氣

喝	喝	口 mouth	9	12	喝 喝 喝 喝 喝
		ㄏㄜ		hē	1047

丨　冂　口　叮　叮　叮　叩　吗　喝　喝

喝　喝

茶	茶	艸 grass	6	10	茶 茶 茶 茶
		ㄔㄚˊ		chá	973

丶　十　十　艹　艹　苁　苶　茶　茶

17

很很	彳 to pace	6	9	很很很很很
	ㄏㄣˇ		hěn	199

ˋ ㄅ 彳 彳 彳 彳 很 很 很

| 很 | 很 | 很 | 很 | | | | | | |

什什	人 person	2	4	什什什什什
	ㄕㄣˊ		shén	140

ノ 亻 亻 什

| 什 | 什 | 什 | 什 | | | | | | |

麼么	麻 hemp	3	14	麼麼麼麼麼
	ㄇ さ		me	48

丶 亠 广 广 庁 庁 床 床 麻 麻
麻 麼 麼 麼

| 麼 | 麼 | 麼 | 麼 | | | | | | |

人	人	人 person	0	2	㇇ ㇇ ㇇ 尺 人 人 人 人
		ㄖㄣˊ		rén	6

ノ 人

人	人	人	人					

喜	喜	口 mouth	9	12	㞢 㞢 㞢 喜 喜 㐱 喜
		ㄒㄧˇ		xǐ	319

一 十 土 圭 圭 吉 吉 吉 吉 壴 壴

喜 喜

喜	喜	喜	喜					

呢	呢	口 mouth	5	8	呢 呢 呢 呢
		ㄋㄜ˙		ne	418

丶 丨 冂 口 口ˉ 口ˋ 呎 呎 呢

呢	呢	呢	呢					

他 他	人 person	3	5	他 他 他 他
	ㄊㄚ		tā	18

ノ 亻 仁 仲 他

他	他	他	他						

哪 哪	口 mouth	7	10	哪 哪 哪 哪
	ㄋㄚˇ		nǎ	1052

ㄧ ㄇ ㄇ ㄫ ㄫ ㄫ 哻 哻 哪 哪

哪	哪	哪	哪						

要 要	西 cover	3	9	要 要 要 要
	ㄧㄠˋ		yào	37

一 ㄒ 戸 戸 西 西 要 要 要

要	要	要	要						

咖 咖	口 mouth	5	8	咖 咖 咖 咖
	ㄎㄚ		kā	1534

丶 口 口 叮 叻 咖 咖 咖

咖	咖	咖	咖						

啡 啡	口 mouth	8	11	啡 啡 啡 啡
	ㄈㄟ		fēi	1522

丶 口 口 叮 叶 非 非 啡 啡 啡

啡

啡	啡	啡	啡						

烏 烏	火 fire	6	10	烏 烏 烏 烏 烏 烏
	ㄨ		wū	1298

丶 丿 亻 亻 户 户 烏 烏 烏 烏 烏

烏	烏	烏	烏						

龍龙		龍 dragon	0	16	甬 甬 龗 龍 龍 汶 龍
		ㄌㄨㄥˊ		lóng	596

` 一 亠 六 立 立 产 产 产 产 产
产 产 產 龍 龍 龍

龍	龍	龍	龍						

日日		日 sun	0	4	⊙ ⊖ 日 日 日 日 日
		ㄖˋ		rì	93

丨 冂 日 日

日	日	日	日						

本本		木 tree	1	5	市 市 本 本 本 本
		ㄅㄣˇ		běn	109

一 十 才 木 本

本	本	本	本						

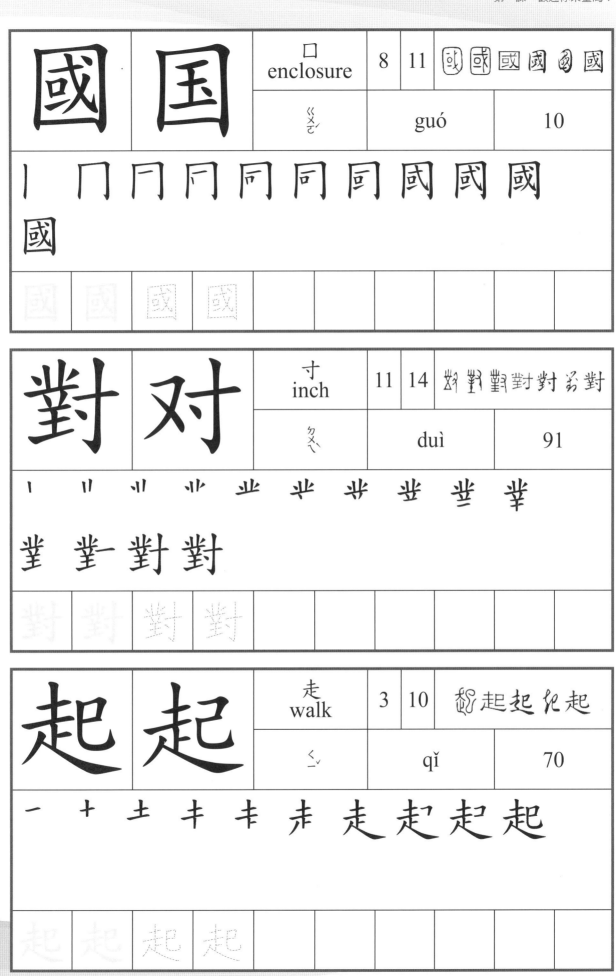

第一課

國 国			口 enclosure	8	11	國 國 國 國 國 國
			ㄍㄨㄛˊ		guó	10

一 冂 冂 冂 同 同 同 或 或 國

國

國	國	國	國				

對 对			寸 inch	11	14	對 對 對 對 對 對
			ㄉㄨㄟˋ		duì	91

丨 丬 丬 业 业 业 业 业 丵 丵

丵 丵 對 對

對	對	對	對				

起 起			走 walk	3	10	起 起 起 起 起
			ㄑㄧˇ		qǐ	70

一 十 土 土 キ 赱 走 起 起 起

起	起	起	起				

張張			弓 a bow	8	11	張張張張張
			ㄓㅊ		zhāng	383

ㄱ ㄱ 弓 引 引 引 引 張 張 張
張

張	張	張	張						

怡怡			心 heart	5	8	怡怡怡怡怡
			ㄧ		yí	2916

丶 丨 忄 忄 忙 怡 怡 怡

怡	怡	怡	怡						

君君			口 mouth	4	7	君君君君君
			ㄐㄩㄣ		jūn	1511

ㄱ ㄱ ㅋ 尹 尹 君 君

君	君	君	君						

第二課

馬马		馬 horse	0	10	罴 𩡸 𩡣 馬 馬 了 馬
		ㄇㄚˇ		mǎ	275

丨	厂	厂	匚	乕	馬 馬 馬 馬 馬

馬	馬	馬	馬						

安安		宀 roof	3	6	𡨄 𡨄 𡨄 安 安 安 安
		ㄢ		ān	193

丶	丶	宀	宀	宁	安 安

安	安	安	安						

同同		口 mouth	3	6	𠔼 𠔼 同 同 同 月 同
		ㄊㄨㄥˊ		tóng	85

丨	冂	冂	同	同	同

同	同	同	同						

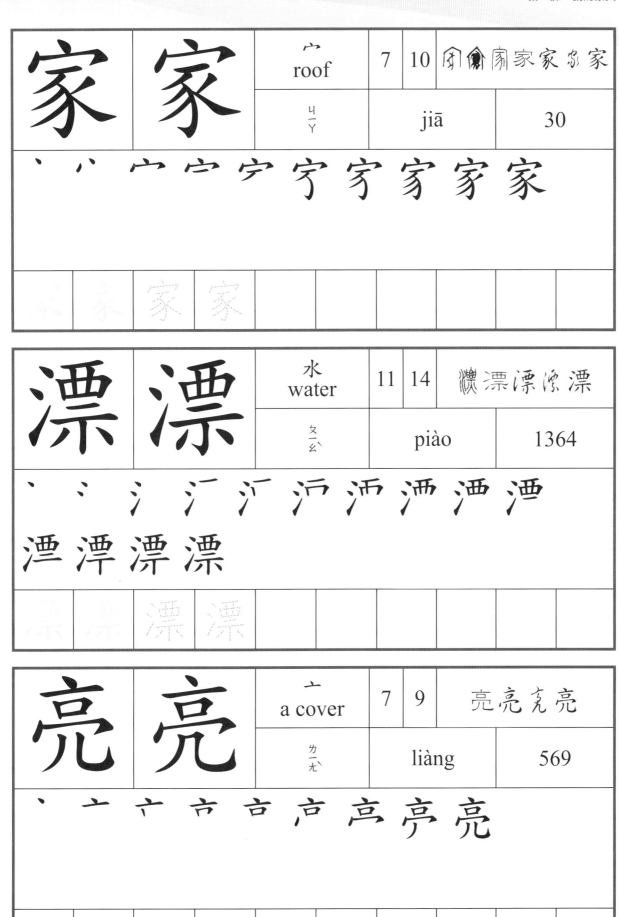

家家		宀 roof	7	10	家家家家家家
		ㄐㄧㄚ		jiā	30
丶 丶 宀 宀 宀 宀 宀 家 家 家					

漂漂		水 water	11	14	漂漂漂漂漂
		ㄆㄧㄠˋ		piào	1364
丶 丶 氵 氵 沪 沪 沪 沪 沪 沪 漂 漂 漂 漂					

亮亮		亠 a cover	7	9	亮亮亮亮
		ㄌㄧㄤˋ		liàng	569
丶 亠 亠 市 古 卢 亮 亭 亮					

第二課

房房		戶 household	4	8	房房房房房
		ㄈㄤˊ		fáng	366

一 丆 尸 戶 戶 戶 戶 房 房

房	房	房	房						

子子		子 child	0	3	子 子 子 子 子 子
		ㄗˇ		zi	14

一 了 子

子	子	子	子						

坐坐		土 earth	4	7	坐 坐 坐 坐 坐
		ㄗㄨㄛˋ		zuò	534

丿 人 人 从 从 丛 坐 坐

坐	坐	坐	坐						

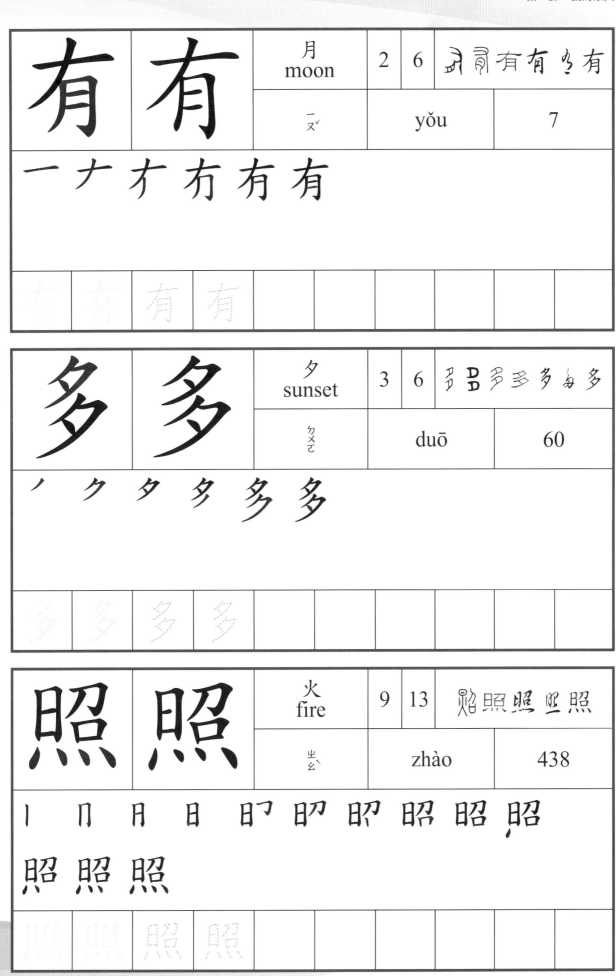

有	有	月 moon	2	6	月 冃 冃 有 有 有 有
		ㄧㄡˇ		yǒu	7

一 ナ 才 冇 有 有

| 有 | 有 | 有 | 有 | | | | | | |

多	多	夕 sunset	3	6	尹 多 多 多 多 多 多
		ㄉㄨㄛ		duō	60

ノ ク タ タ 多 多

| 多 | 多 | 多 | 多 | | | | | | |

照	照	火 fire	9	13	照 照 照 照 照
		ㄓㄠˋ		zhào	438

丨 冂 月 日 町 町 昭 照 照 照
照 照 照

| 照 | 照 | 照 | 照 | | | | | | |

片 片		片 a strip	0	4	片片片片片
		ㄆㄧㄢ丶		piàn	230
ノ ノ' ｜' 尸 片					
片	片	片	片		

都 都		邑 city	8	11	都 都 都 都 考 都
		ㄉㄡ		dōu	114
一 十 土 耂 耂 者 者 者 者 都 都					
都	都	都	都		

相 相		目 eye	4	9	相 相 相 相 相 古 相
		ㄒㄧㄤ丶		xiàng	125
一 十 才 木 木 相 相 相 相					
相	相	相	相		

看看			目 eye	4	9	看看看看看
			ㄎㄢ		kàn	65

ヽ 二 三 手 手 看 看 看 看

誰誰			言 speech	8	15	誰誰誰誰誰誰
			ㄕㄟˊ		shéi	978

ヽ 亠 亠 言 言 言 言 訁 訁 訁

訁 訏 誁 誰 誰

妹妹			女 female	5	8	妹妹妹妹妹妹
			ㄇㄟˋ		mèi	811

く 女 女 妒 妒 妹 妹 妹

爸爸		父 father	4	8	爸爸爸爸
		ㄅㄚ		bà		197

ノ ハ ﾌ 父 爻 爷 爸 爸

爸	爸	爸	爸						

媽媽		女 female	10	13	媽媽媽媽
		ㄇㄚ		mā		135

く 女 女 女 奵 奵 奵 娾 媽 媽
媽 媽 媽

媽	媽	媽	媽						

進 进		辵 stop&go	8	12	進進進進進進
		ㄐㄧㄣ		jìn		112

ノ ノ イ 彳 彳 作 作 隹 隹 进 进
进 進

進	進	進	進						

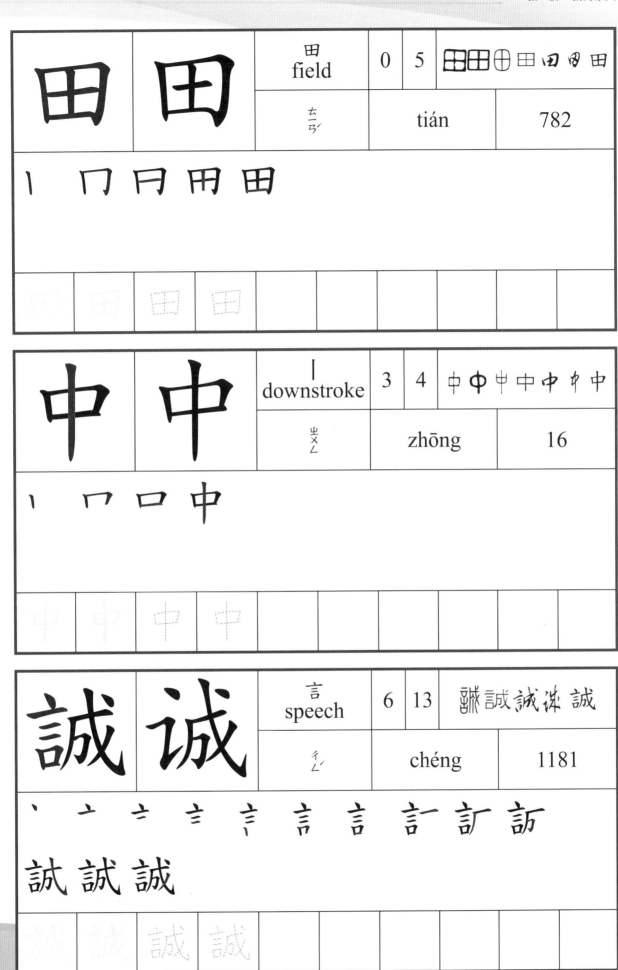

田	田	田 field	0	5	田田田 田 田 田 田
		ㄊㄧㄢˊ		tián	782

丨 冂 冂 用 田

中	中	丨 downstroke	3	4	中 中 中 中 中 中
		ㄓㄨㄥ		zhōng	16

丨 冂 口 中

誠	诚	言 speech	6	13	誠 誠 誠 誠 誠
		ㄔㄥˊ		chéng	1181

丶 亠 亠 言 言 言 言 訁 訐 訪
試 誠 誠

一	一	一 one	0	1	一 ～ ～ ～ ～
		一		yī	3

一

一	一	一	一				

伯	伯	人 person	5	7	阳 伯 伯 伯 伯
		ㄅ ㄛˊ		bó	868

ノ 亻 亻 亻 亻 伯 伯

伯	伯	伯	伯				

母	母	毋 do not	0	5	母 母 母 母 母 母 母
		ㄇ ㄨˇ		mǔ	204

乚 𠃌 𠃌 母 母

母	母	母	母				

第二課

| 您 您 | 心
heart | 7 | 11 | 您您您您 |
| | ㄋ一ㄣˊ | | nín | 1254 |

ノ イ イ 个 竹 你 你 你 您 您
您

| | | 您 | 您 | | | | |

| 名 名 | 口
mouth | 3 | 6 | 叩 名 名 名 名 名 名 |
| | ㄇ一ㄥˊ | | míng | 190 |

ノ ク タ タ 夕 名 名

| | | 名 | 名 | | | | |

| 字 字 | 子
child | 3 | 6 | 字 字 字 字 字 字 |
| | ㄗˋ | | zi | 338 |

丶 宀 宀 宀 字 字 字

| | | 字 | 字 | | | | |

35

書 书		曰 speak	6	10	書書書書書
		ㄕㄨ		shū	182

フ ヲ ヲ ヨ 聿 聿 書 書 書 書

哥 哥		口 mouth	7	10	哥哥哥哥哥
		ㄍㄜ		gē	578

一 ㄏ ㄇ ㅁ 可 可 哥 哥 哥 哥

老 老		老 old	0	6	老老老老
		ㄌㄠˇ		lǎo	117

一 十 土 耂 耂 老

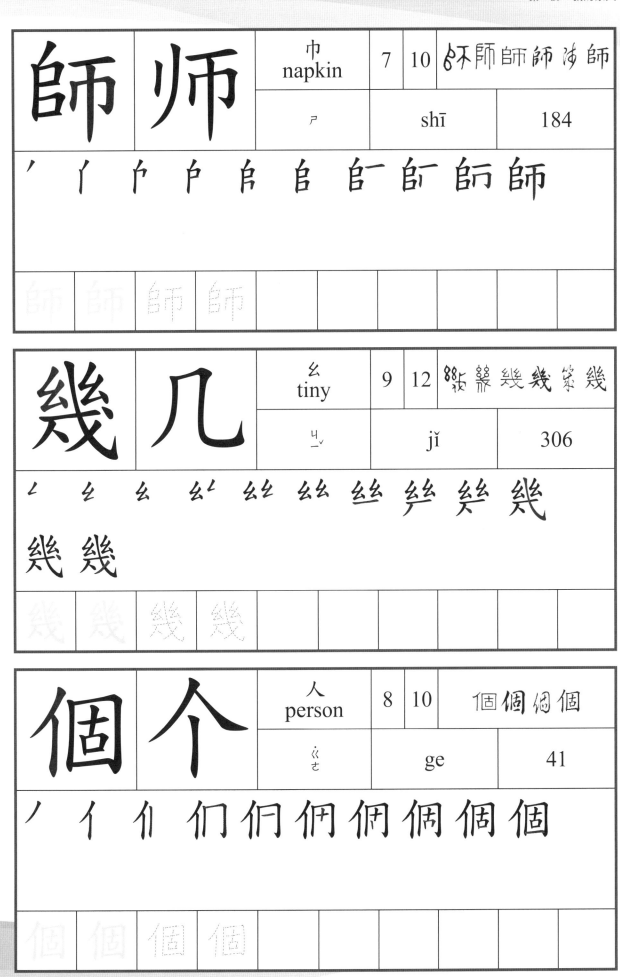

師	师	巾 napkin	7	10	師師師師師師
		ㄕ	shī		184

ˊ ˊ ˊ ㄈ ㄈ ㄈ 自 自 自 師 師 師

師	師	師	師						

幾	几	ㄠ tiny	9	12	幾幾幾幾幾幾
		ㄐㄧˇ	jǐ		306

ㄥ ㄠ ㄠ ㄠ 丝 丝 丝 幺幺 幺幺 幾

幾 幾

幾	幾	幾	幾						

個	个	人 person	8	10	個個個個
		ㄍㄜ	ge		41

ノ ノ 亻 们 们 個 個 個 個 個

個	個	個	個						

沒 沒		水 water	4	7	沒沒沒沒沒
		ㄇㄟ	méi		83

丶丶氵氵沪汐没

| 沒 | 沒 | 沒 | 沒 | | | | | |

兄 兄		儿 person	3	5	兄兄兄兄兄兄
		ㄒㄩㄥ	xiōng		1323

丶冂口尸兄

| 兄 | 兄 | 兄 | 兄 | | | | | |

弟 弟		弓 a bow	4	7	弟弟弟弟弟弟弟
		ㄉㄧ	dì		574

丶丷丷兰兰弟弟

| 弟 | 弟 | 弟 | 弟 | | | | | |

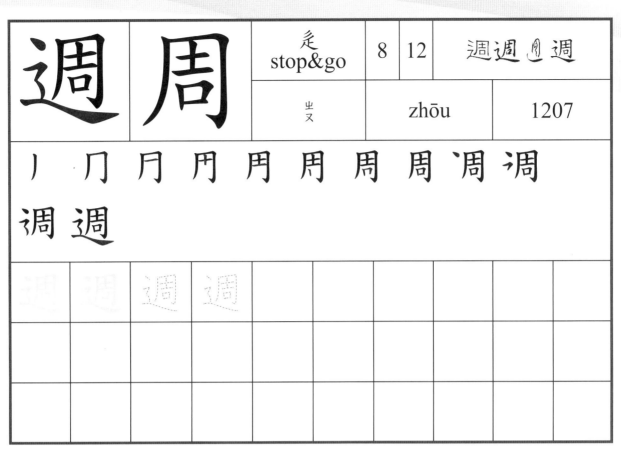

週周		辵 stop&go	8	12	週週周週
		ㄓ ㄡ		zhōu	1207

丿 冂 月 冃 冄 用 周 周 冂周 调 调 週

週	週	週	週					

末末		木 tree	1	5	末末末末末末
		ㄇ ㄛ		mò	1309

一 二 十 才 末

末	末	末	末					

第三課

聽听		耳 ear	16	22	聽聽聽听聽
		ㄊㄧㄥ		tīng	303

一 厂 ﬃ 斤 斤 耳 耳 耳 耳 耳
耵 耴 聆 聆 聆 聆 聆 聆 聽
聽 聽

聽	聽	聽	聽						

音音		音 sound	0	9	音音音音音
		ㄧㄣ		yīn	291

丶 亠 亠 立 立 产 音 音 音

音	音	音	音						

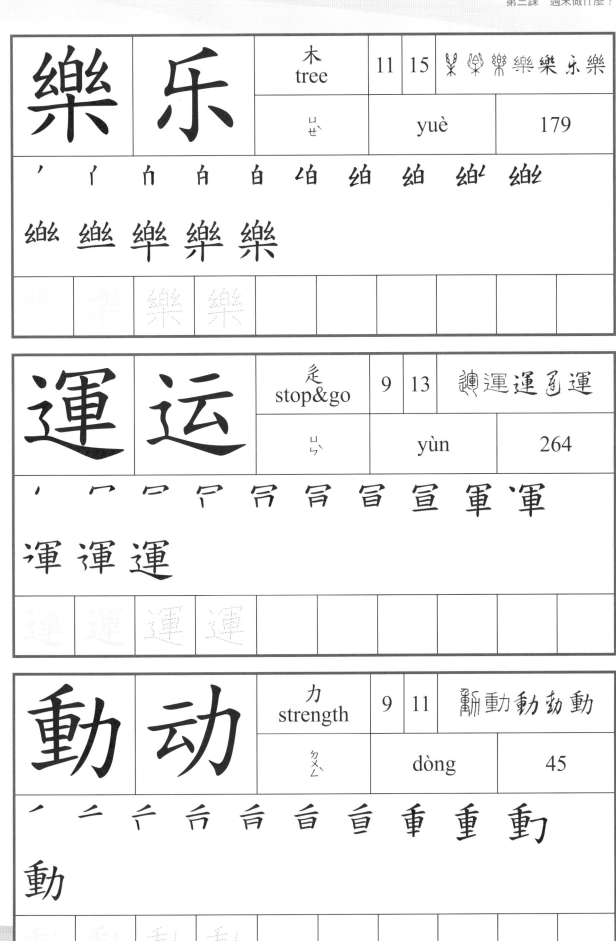

| 樂 乐 | 木 tree | 11 | 15 | 𦰩 🍀 樂 樂 乐 樂 |
| | ㄩ ㄝ | yuè | | 179 |

丶 丿 白 白 白 伯 绐 绐 绐 绐
绐 樂 樂 樂 樂

| 運 运 | 辵 stop&go | 9 | 13 | 運運運運運 |
| | ㄩ ㄣ | yùn | | 264 |

丶 ロ ロ 戸 戸 冐 冒 冒 軍 軍
渾 渾 運

| 動 动 | 力 strength | 9 | 11 | 動動動動動 |
| | ㄅ ㄨ ㄥ | dòng | | 45 |

丶 二 千 乕 乕 白 盲 重 重 動
動

打 打		手 hand	2	5	扩 打 打 打 打
		ㄅㄚˇ		dǎ		249

一 丁 才 扌 打

打	打	打	打						

網 网		糸 silk	8	14	網 網 網 网 網
		ㄨㄤˇ		wǎng		1259

乚 幺 幺 幺 糸 糸 糹 糼 紂 紃

網 網 網 網

網	網	網	網						

球 球		玉 jade	7	11	球 球 球 球 球
		ㄑㄧㄡˊ		qiú		240

一 二 千 王 王 玗 玒 玒 球 球

球

球	球	球	球						

棒 棒	木 tree	8	12	棒 棒 棒 棒
	ㄅㄤ		bàng	976

一 十 才 木 术 杧 栌 柞 棒 棒 棒
棒 棒

棒	棒	棒	棒						

和 和	口 mouth	5	8	和 和 和 和
	ㄏㄢˋ		hàn	133

一 二 千 千 禾 禾 和 和

和	和	和	和						

游 游	水 water	9	12	游 游 游 游
	ㄧㄡˊ		yóu	995

丶 丶 氵 氵 汸 汸 汸 游 游 游
游 游

游	游	游	游						

泳 泳	水 water	5	8	泳泳泳泳
	ㄩㄥˇ		yǒng	1618

丶 丶 冫 氵 沪 汋 汋 泳

| 泳 | 泳 | 泳 | 泳 | | | | | | |

常 常	巾 napkin	8	11	常常常常
	ㄔㄤˊ		cháng	146

丨 丨 ⺌ ⺌ 当 当 尚 尚 常 常
常

| 常 | 常 | 常 | 常 | | | | | | |

籃 籃	竹 bamboo	14	20	籃籃籃籃籃
	ㄌㄢˊ		lán	1718

丿 亇 𠂉 𥫗 𥫗 竹 竿 笁 笁
笁 筲 篔 篔 篕 篮 篮 籃 籃

| 籃 | 籃 | 籃 | 籃 | | | | | | |

46

也 也	乙 bent	2	3	也也也や也
	一 ㄝ		yě	66

フ �631 也

		也	也						

踢 踢	足 foot	8	15	踢踢踢踢
	ㄊ 一		tī	2241

丶 丨 口 口 甼 甼 甼 足 趵 趵 趵
趵 趵 踢 踢 踢

踢	踢	踢	踢						

足 足	足 foot	0	7	足足足足足足
	ㄗ ㄨ		zú	464

丶 丨 口 口 甼 甼 足 足

足	足	足	足						

覺 覺		見 see	13	20	覺覺覺覺覺
		ㄐㄩㄝˊ		júe	243

丶 丷 彡 彡 彡 彡 彡 彡 闬 闬

闬 闬 與 學 學 臾 臾 臾 覺 覺

覺	覺	覺	覺						

得 得		彳 to pace	8	11	微微得得得乃得
		ㄉㄜ		de	38

丶 丿 彳 彳 彳 彳 彳 彳 得 得

得

得	得	得	得						

玩 玩		玉 jade	4	8	玩玩玩玩玩
		ㄨㄢˊ		wán	631

一 二 千 王 王 玗 玩 玩

玩	玩	玩	玩						

天	天	大 big	1	4	
		ㄊㄧㄢ	tiān		33

一 二 亍 天

天 天 天 天

早	早	日 sun	2	6	
		ㄗㄠˇ	zǎo		440

丨 冂 日 日 旦 早

早 早 早 早

上	上	一 one	2	3	
		ㄕㄤˋ	shàng		17

丨 卜 上

上 上 上 上

第三課

去	去	ム private	3	5	厶 左 去 去 去 去 去
		ㄑㄩ		qù		53

一 十 土 去 去

去	去	去	去						

怎	怎	心 heart	5	9	怎 怎 怎 怎
		ㄗㄣˇ		zěn		325

ノ ノ ケ ケ 乍 乍 怎 怎 怎

怎	怎	怎	怎						

樣	样	木 tree	11	15	樣 樣 樣 樣 樣
		一ㄤˋ		yàng		113

一 十 十 才 木 术 栏 栏 栏 样 样
样 样 樣 樣 樣

樣	樣	樣	樣						

啊阿 啊			口 mouth	8	11	啊阿 啊阿 啊阿 啊阿
			˙ㄚ		a	880

ˋ 丨 冂 口 口ˊ 吋 呵 呵 呵 呵
啊

		啊阿	啊阿				

做 做			人 person	9	11	做 做 做 做
			ㄗㄨㄛˋ		zuò	259

ノ 亻 亻 什 仕 估 估 估 做 做
做

做	做	做	做				

白 白			白 white	0	5	白 白 白 白 白 白
			ㄅㄞˊ		bái	222

ˊ 亻 白 白 白

白	白	白	白				

如 如		女 female	3	6	噬 船 如 如 如 如
		ㄖㄨˊ		rú	62

ㄑ ㄌ 女 女 如 如

如	如	如	如						

玉 玉		玉 jade	0	5	丰 王 王 玉 玉 玉 玉
		ㄩˋ		yù	992

一 二 干 王 玉

玉	玉	玉	玉						

今 今		人 person	2	4	ＡＡ 令 今 今 今 今
		ㄐㄧㄣ		jīn	211

ノ 人 今 今

今	今	今	今						

晚 晚		日 sun	7	11	晚晚晚晚晚
		ㄨㄢˇ		wǎn	518

丨 冂 月 日 日ˊ 旷 旷 昭 晚
晚

	晚	晚	晚					

電 电		雨 rain	5	13	電電電電電電
		ㄉㄧㄢˋ		diàn	89

一 厂 戶 币 币 雨 雨 雨 雷
雪 雷 電

電	電	電	電					

影 影		彡 feathery	12	15	影影影影
		ㄧㄥˇ		yǐng	139

丶 冂 日 日 日 旦 早 昦 景 景
景 景 影 影 影

影	影	影	影					

妳 妳		女 female	5	8	妳 妳 妳 妳
		ㄋㄧˇ		nǐ	2437

く 丿 女 女 女' 妳 妳 妳

妳　妳　妳　妳

想 想		心 heart	9	13	想 想 想 想 想
		ㄒㄧㄤˇ		xiǎng	118

一 十 才 木 村 机 机 相 相 相

想　想　想

想　想　想　想

還 还		辵 stop&go	13	17	還 還 還 還 還
		ㄏㄞˊ		hái	162

丶 口 口 曰 四 罒 罒 罗 罗

罗 罗 睘 睘 還 還 還

還　還　還　還

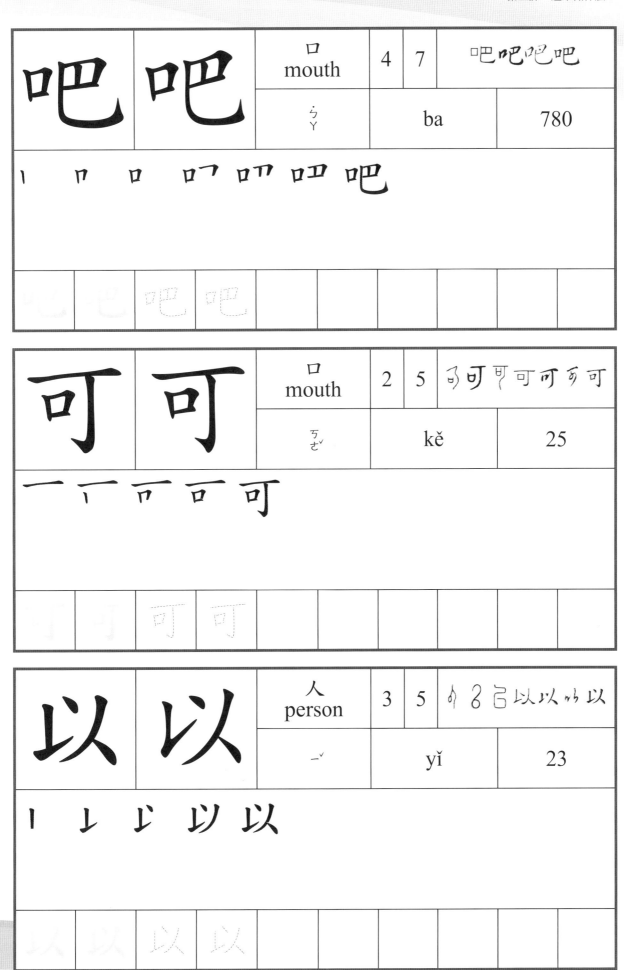

吧 吧	口 mouth	4	7	吧吧吧吧
	ㄅㄚ		ba	780

ㄧ 口 口 吖 吖 吧 吧

可 可	口 mouth	2	5	可可可可可可
	ㄎㄜ		kě	25

一 丆 可 可 可

以 以	人 person	3	5	以以以以以
	ㄧˇ		yǐ	23

丨 丨 以 以 以

學 学		子 child	13	16	𡥀 𡥀 學 學 學 學
		ㄒㄩㄝˊ		xué	24

丶 ㄨ ㄨ ㄨ ㄨ ㄅ ㄅ ㄅ ㄅ 臼 臼

臼 ㇉臼 與 學 學 學

學	學	學	學						

吃 吃		口 mouth	3	6	吃 吃 吃 吃 吃
		ㄔ		chī	359

丨 ㄇ 口 口ノ 口ㄥ 吃

吃	吃	吃	吃						

飯 饭		食 eat	4	12	飠 飯 飯 飯 飯 飯
		ㄈㄢˋ		fàn	736

ノ ㄥ ㄥ ㄣ 今 今 食 食 食 飠

飠 飯

飯	飯	飯	飯						

菜 菜	艸 grass	8	12	菜 菜 菜 菜 菜
	ㄘㄞˋ		cài		849

丶　十　十一　艹　艹　艹　苙　苙　苙　莯

莯　菜

越 越	走 walk	5	12	越 越 越 越 越
	ㄩㄝˋ		yuè		594

一　十　土　キ　キ　赱　走　走　赿　越

越　越

南 南	十 ten	7	9	南 南 南 南 南 南
	ㄋㄢˊ		nán		333

一　十　十　卉　内　内　甬　甬　南　南

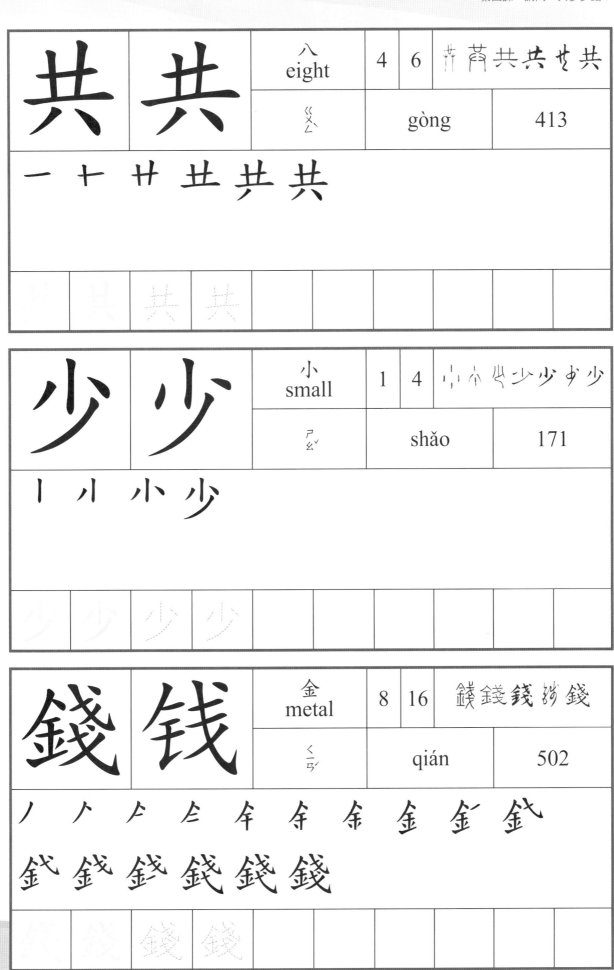

共共	八 eight	4	6	共 共 共 共 世 共
	ㄍㄨㄥˋ		gòng	413

一 十 土 共 共 共

少少	小 small	1	4	小 小 小 少 少 少
	ㄕㄠˇ		shǎo	171

ㅣ ㅣ 小 少

錢钱	金 metal	8	16	錢 錢 錢 錢 錢
	ㄑㄧㄢˊ		qián	502

ノ 人 仁 合 牟 拿 金 金 金 針

針 錢 錢 錢 錢 錢

59

闆	板	門 door	9	17	闆 闆 闆 闆
		ㄅㄢˇ		bǎn	1453

丨	冂	卩	臼	臼	門	門	門	門	閂
閂	閆	閆	閆	閆	闆	闆			

闆	闆	闆	闆						

買	买	貝 shell	5	12	買 買 買 買 買 買
		ㄇㄞˇ		mǎi	656

丶	冂	皿	皿	皿	罒	買	買	買	買
買	買								

買	買	買	買						

杯	杯	木 tree	4	8	杯 杯 杯 杯
		ㄅㄟ		bēi	1571

一	十	才	木	朮	杁	杯	杯		

杯	杯	杯	杯						

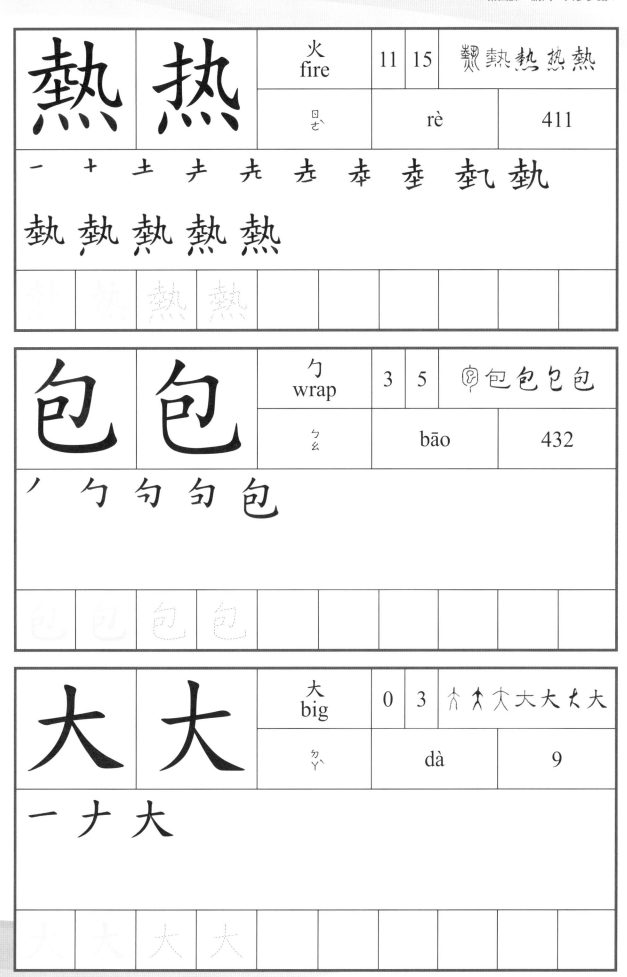

熱 热		火 fire	11	15	熱 熱 热 热
		ㄖㄜˋ		rè	411

一 十 土 ㄓ 丯 圥 幸 坴 刲 執

執 執 執 熱 熱

包 包		ㄅ wrap	3	5	包 包 包 包
		ㄅㄠ		bāo	432

ノ ㄅ 勹 匀 包

大 大		大 big	0	3	大 大 大 大
		ㄉㄚˋ		dà	9

一 ナ 大

幫帮		巾 napkin	14	17	幫 幫 幫 幫
		ㄅㄤ		bāng	759

一 十 土 士 圭 圭 圭一 封 封 封

封 封 封 封 封 幫 幫

幫	幫	幫	幫						

微微		彳 to pace	10	13	微 微 微 微 微
		ㄨㄟ		wéi	662

ノ ノ 彳 彳 彳 彳 彳 微 微

微 微 微

微	微	微	微						

波波		水 water	5	8	波 波 波 波 波
		ㄅㄛ		bō	796

丶 丶 氵 氵 氵 汀 汀 波 波

波	波	波	波						

| | | 白 white | 1 | 6 | 百百百百百百 |
| 百 | 百 | ㄅㄞˇ | | bǎi | 509 |

一 丆 丆 万 百 百

| 塊 | 块 | 土 earth | 10 | 13 | 塊塊塊塊塊 |
| | | ㄎㄨㄞˋ | | kuài | 889 |

一 十 土 圡 圹 圹 圴 垍 埔 坤
塊 塊 塊

| 外 | 外 | 夕 sunset | 2 | 5 | 外外外外外外 |
| | | ㄨㄞˋ | | wài | 82 |

ノ ク タ 列 外

帶 帶		巾 napkin	8	11	帶帶帶帶帶
		ㄉㄞˋ		dài		348

一 十 卄 卅 卅 卅 卅 卅 帶 帶

帶

帶	帶	帶	帶						

內 內		入 enter	2	4	內內內內內內內
		ㄋㄟˋ		nèi		219

丨 冂 冈 內

內	內	內	內						

用 用		用 use	0	5	用用用用用用用
		ㄩㄥˋ		yòng		73

丿 冂 月 月 用

用	用	用	用						

支 支	支 branch	0	4	叀 支 支 支 支
	ㄓ		zhī	645

一 十 卝 支

| 支 | 支 | 支 | 支 | | | | | | |

新 新	斤 axe	9	13	郑 新 新 新 新 新 新
	ㄒㄧㄣ		xīn	98

、 亠 立 立 立 辛 辛 亲 新

新 新 新

| 新 | 新 | 新 | 新 | | | | | | |

手 手	手 hand	0	4	午 屮 手 手 手 手
	ㄕㄡ		shǒu	124

一 二 三 手

| 手 | 手 | 手 | 手 | | | | | | |

機 机		木 tree	12	16	檬機機榜機
		ㄐㄧ		jī	144

一 十 才 木 朩 朩 朳 朳 杺 杺

杺 榺 樷 機 機 機

機	機	機	機				

太 太		大 big	1	4	太太右太
		ㄊㄞˋ		tài	189

一 ナ 大 太

太	太	太	太				

舊 旧		臼 a mortar	12	18	舊舊舊舊舊舊
		ㄐㄧㄡˋ		jiù	789

丶 亻 艹 艹 艹 花 花 芷 芷 莅

萑 萑 舊 舊 舊 舊 舊 舊

舊	舊	舊	舊				

了 了			⌡ hooked	1	2	了 了 了 了 了
			⸝ ㄌ ㄜ		le	8
ㄋ 了						
了	了	了	了			

種 种			禾 grain	9	14	種 種 種 種 種
			ㄓㄨㄥˇ		zhǒng	170
ˊ 二 千 千 禾 禾 禾 秅 稆 稆 稆 種 種						
種	種	種	種			

能 能			肉 meat	6	10	能 能 能 能 能
			ㄋ ㄥˊ		néng	43
ㄥ ㄥ 广 台 育 育 肖 能 能 能						
能	能	能	能			

那 那		邑 city	4	7	🦴 那 那 那
		ㄋㄚ		nà	50

フ ヲ ヲ 男 那ˊ 那ˋ 那

那	那	那	那						

貴 贵		貝 shell	5	12	🦴 貴 貴 🦴 貴
		ㄍㄨㄟ		guì	913

丶 ㄇ ㄇ 中 虫 串 串 贵 貴 曹
貴 貴

貴	貴	貴	貴						

賣 卖		貝 shell	8	15	🦴 🦴 賣 賣 🦴 賣
		ㄇㄞ		mài	752

一 十 士 吉 声 声 声 卖 声 青
青 青 曹 賣 賣

賣	賣	賣	賣						

便	便	人 person	7	9	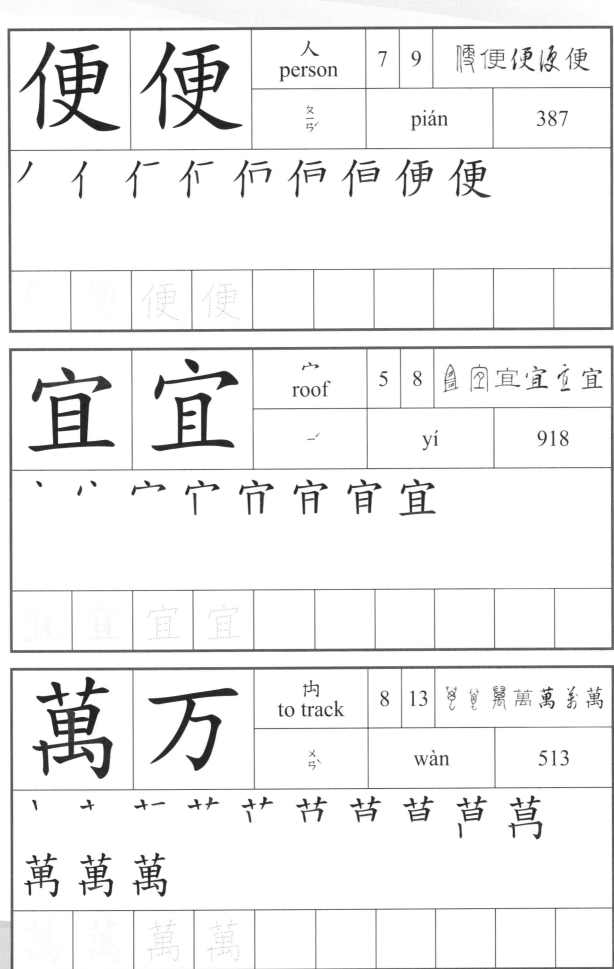便 便 便 便
		ㄆㄧㄢˊ		pián	387

ㄧ ㄧ 亻 亻 仁 仨 便 便 便

宜	宜	宀 roof	5	8	宜 宜 宜 宜
		ㄧˊ		yí	918

丶 丶 宀 宀 宀 宀 宜 宜

萬	万	屮 to track	8	13	萬 萬 萬 萬
		ㄨㄢˋ		wàn	513

丶 十 艹 艹 芍 芍 苩 苩 萬

萬 萬 萬

千 千		十 ten	1	3	千 千 千 千 千 千
		ㄑㄧㄢ		qiān	650

一 二 千

千	千	千	千						

為 为		火 fire	5	9	為 為 為 為 為 為
		ㄨㄟ		wèi	32

丶 ㇒ ㇜ ㇛ 产 为 為 為 為 為

為	為	為	為						

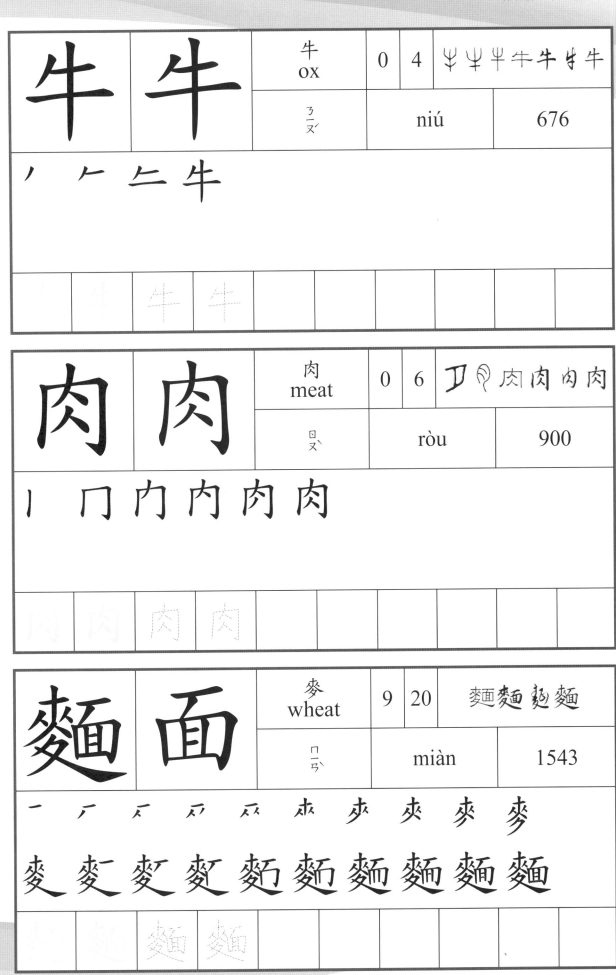

牛	牛	牛 ox	0	4	⍦ ⍦ ⍦ 牛 牛 牛
		ㄋㄧㄡˊ		niú	676

ノ 𠂉 𠂉 牛

肉	肉	肉 meat	0	6	刀 肉 肉 肉 肉 肉
		ㄖㄡˋ		ròu	900

｜ 冂 内 内 肉 肉

麵	面	麥 wheat	9	20	麵 麵 麵 麵
		ㄇㄧㄢˋ		miàn	1543

一 厂 𠂇 𠂊 𠂉 來 夾 夾 麥 麥

麥 麨 麨 麨 麵 麵 麵 麵 麵

真 真		目 eye	5	10	眞真真 真	
		ㄓㄣ		zhēn		200

一 十 广 市 市 直 直 直 真 真

真	真	真	真				

說 说		言 speech	7	14	說說說说说	
		ㄕㄨㄛ		shuō		39

丶 亠 亠 言 言 言 言 言 訁 訁

訁 訁 訝 說

說	說	說	說				

最 最		冂 borders	10	12	最最最 最	
		ㄗㄨㄟ		zuì		163

丶 冂 曰 目 旦 旱 旱 旱 冒 冒

最 最

最	最	最	最				

湯 汤		水 water	9	12	焨 煬 湯 湯 湯 湯
		ㄊㄤ	tāng		1558

丶 亠 氵 汩 汩 沪 沪 沪 渇 渇 湯 湯

	湯	湯	湯						

知 知		矢 arrow	3	8	知 知 知 知 知
		ㄓ	zhī		123

丿 ㄏ ㄏ 乍 矢 矢 知 知 知

知	知	知	知						

道 道		辵 stop&go	9	13	道 道 道 道 道
		ㄉㄠ	dào		81

丶 丷 丷 ㇏ 产 首 首 首 首 道 道 道 道

道	道	道	道						

店店		广 shelter	5	8	店店店店
		ㄉㄧㄢ		diàn	757

丶 亠 广 广 庐 庐 店 店

店	店	店	店						

定定		宀 roof	5	8	定宀定定定定
		ㄉㄧㄥ		dìng	105

丶 丷 宀 宁 宇 宇 定 定

定	定	定	定						

點点		黑 black	5	17	點點點點點
		ㄉㄧㄢˇ		diǎn	168

丶 冂 冂 冈 回 罒 里 里 里 黑
黑 黑 里 點 點 點 點

點	點	點	點						

| 碗 碗 | 石 stone | 8 | 13 | 碗碗碗碗 |
| wǎn | ㄨㄢˇ | wǎn | | 1538 |

一 ﾅ ﾅ 石 石 石ˋ 石ˋ 矽 矽 矽 碗 碗 碗

| | 碗 | 碗 | 碗 | | | | | | | |

| 籠 笼 | 竹 bamboo | 16 | 22 | 籠籠籠籠籠 |
| lóng | ㄌㄨㄥˊ | lóng | | 1622 |

ノ ﾅ ﾄ 竹 竹 竹 竹 竿 竿 竿 竿 箐 箐 箐 箐 箐 籠 籠 籠 籠

| 籠 | 籠 | 籠 | 籠 | | | | | | | |

臭 臭		自 self, from	4	10	臭 臭 臭 臭 臭 臭
		ㄔ ㄡˋ		chòu		2161

ˊ ㄐ ㄅ 白 自 自 臭 臭 臭 臭

臭	臭	臭	臭						

豆 豆		豆 platter	0	7	豆 豆 豆 豆 豆 豆 豆
		ㄉ ㄡˋ		dòu		1040

一 ㄏ ㄇ 曰 曱 豆 豆

豆	豆	豆	豆						

腐腐	肉 meat	8	14	腐腐腐腐腐
	ㄈㄨˇ		fǔ	1388

、 亠 广 广 广 庐 府 府 府 腐 腐 腐 腐

昨昨	日 sun	5	9	昨昨昨昨昨
	ㄗㄨㄛˊ		zuó	1276

丨 冂 冃 日 日 昨 昨 昨 昨

餐餐	食 eat	7	16	餐餐餐餐餐
	ㄘㄢ		cān	875

丶 上 ト 少 夕 夘 夘 夗 夗 夗
夈 夈 夈 夈 餐 餐

廳 厅	广 shelter	22	25	廳廳庭廳
	太ㄥ		tīng	875

` 亠 广 广 庐 厅 厅 庐 庐 屌
屌 屌 廈 廈 廜 廜 廜 廜 廳
廜 廜 廳 廳 廳

廳 廳 廳 廳

辣 辣	辛 bitter	7	14	辣辣辣辣
	ㄌㄚˋ		là	2375

` 亠 六 立 立 辛 辛 辛 辛
辛 辨 辣 辣

辣 辣 辣 辣

己	己	己 self	0	3	己 己 己 己 己 己
		ㄐㄧˇ		jǐ	142

フ コ 己

己	己	己	己						

會	会	曰 speak	9	13	會 會 會 會 會 會 會
		ㄏㄨㄟˋ		huì	28

ノ 入 △ 仝 仝 命 命 侖 侖 侖
會 會 會

會	會	會	會						

甜	甜	甘 sweet	6	11	甜 甜 甜 甜 甜
		ㄊㄧㄢˊ		tián	1574

一 二 千 千 舌 舌 舌 甜 甜 甜
甜

甜	甜	甜	甜						

錯錯		金 metal	8	16	錯 錯 **錯** 錯 錯
		ㄘㄨㄛˋ		cuò	718

ノ 𠂉 𠂉 𠂉 牛 牟 全 金 金ー 金ー
金世 金世 金世 錯 錯 錯

| 錯 | 錯 | 錯 | 錯 | | | | | | |

教教		攵 tap	7	11	敎 敎 敎 教 教 敎 教
		ㄐㄧㄠ		jiāo	97

一 十 土 耂 耂 孝 孝 孝 教 教
教

| 教 | 教 | 教 | 教 | | | | | | |

到到		刀 knife	6	8	到 到 到 到
		ㄉㄠˋ		dào	31

一 工 工 至 至 至 到 到

| 到 | 到 | 到 | 到 | | | | | | |

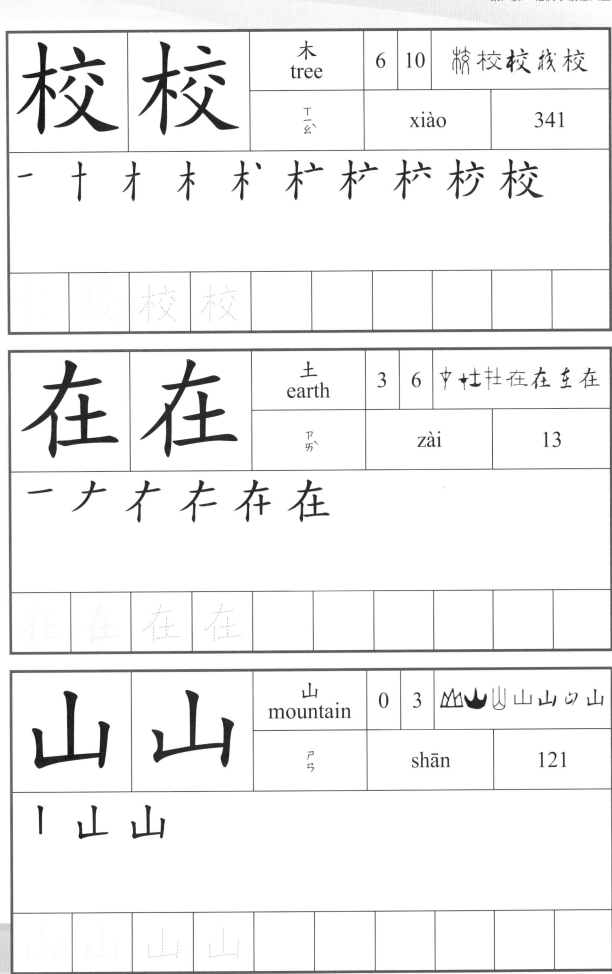

校 校		木 tree	6	10	校校校校校
		ㄒㄧㄠ		xiào	341

一 十 才 木 术 朴 栌 柠 栌 校 校

校	校	校	校						

在 在		土 earth	3	6	中 杜 杜 在 在 在 在
		ㄗㄞˋ		zài	13

一 ナ 才 𠂇 在 在

在	在	在	在						

山 山		山 mountain	0	3	山 山 山 山 山 山
		ㄕㄢ		shān	121

丨 山 山

山	山	山	山						

裡里		衣 cloth	7	12	裡 裡 裡 裡
		ㄌㄧˇ		lǐ	71

丶 ㇇ ㇏ ネ ネ 初 初 衵 衵
裡 裡

裡	裡	裡	裡					

遠远		辵 stop&go	10	14	遠 遠 遠 遠 遠 遠
		ㄩㄢˇ		yuǎn	322

一 十 土 壵 吉 吉 声 尭 尭 袁
袁 遠 遠 遠

遠	遠	遠	遠					

風风		風 wind	0	9	風 風 風 風
		ㄈㄥ		fēng	172

丿 几 凡 凡 凬 同 凬 風 風

風	風	風	風					

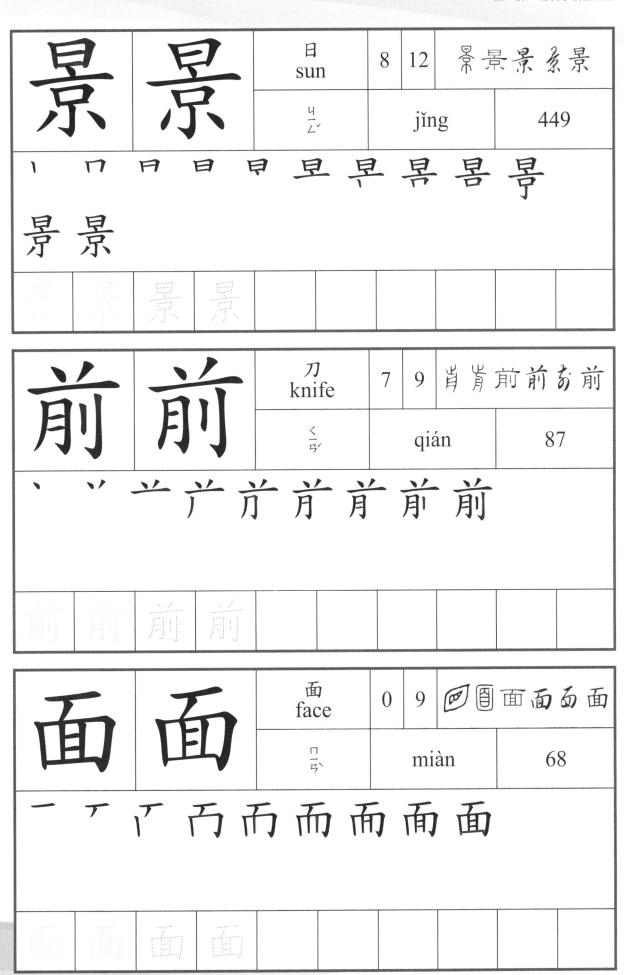

景景	日 sun	8	12	景景景景景
	ㄐㄧㄥˇ		jǐng	449

ㄧ ㄇ ㄈ ㄈ 日 旦 早 昌 昌 景

景 景

景	景	景	景					

前前	刀 knife	7	9	肖 肖 前 前 前 前
	ㄑㄧㄢˊ		qián	87

丶 丷 丷 丷 产 艻 芍 肖 前 前

前	前	前	前					

面面	面 face	0	9	面 面 面 面 面
	ㄇㄧㄢˋ		miàn	68

一 一 丆 丆 而 而 而 面 面

面	面	面	面					

海 海			水 water	7	10	烸 澥 海 海 海 海
			ㄏㄞˇ		hǎi		156

丶 丶 氵 氵 汇 汇 海 海 海 海

海	海	海	海						

後 后			彳 to pace	6	9	後 後 禐 後 後 俁 後
			ㄏㄡˋ		hòu		59

丿 ㄅ 彳 彳 彳 彳 彳 彳 後

後	後	後	後						

地 地			土 earth	3	6	坰 地 地 坤 地
			ㄉㄧˋ		dì		21

一 十 土 圵 圵 地

地	地	地	地						

方方		方 square	0	4	屮 才 抃 方 方 才 方
		ㄈㄤ		fāng		61

丶 亠 亣 方

方	方	方	方					

現現		玉 jade	7	11	現 現 現 現
		ㄒㄧㄢˋ		xiàn		56

一 二 干 王 玕 玑 玏 玥 珇 現
現

現	現	現	現					

附附		阜 plenty	5	8	關 附 附 竹 附
		ㄈㄨˋ		fù		851

ㄱ 了 阝 阝 阝 阝一 附 附

附	附	附	附					

近近	辵 stop&go	4	8	訴近近 近	
	ㄐㄧㄣ		jìn		336

一 厂 斤 斤 斤 近 近 近

| 近 | 近 | 近 | 近 | | | | |

樓楼	木 tree	11	15	檪樓樓樓樓	
	ㄌㄡ		lóu		737

一 十 才 木 村 村 村 村 村
村 枺 樓 樓 樓

| 樓 | 樓 | 樓 | 樓 | | | | |

下下	一 one	2	3	一下下下下下	
	ㄒㄧㄚ		xià		44

一 丁 下

| 下 | 下 | 下 | 下 | | | | |

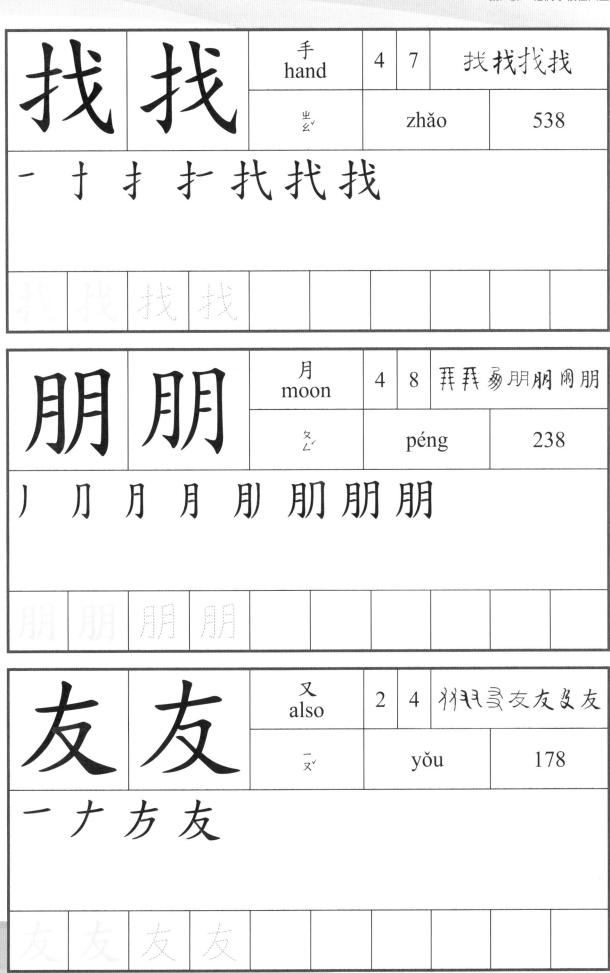

找 找		手 hand	4	7	找 找 找 找
		ㄓㄠˇ		zhǎo		538

一 十 扌 扌 找 找 找

朋 朋		月 moon	4	8	朋 朋 朋 朋 朋 朋
		ㄆㄥˊ		péng		238

丿 刀 月 月 朋 朋 朋 朋

友 友		又 also	2	4	友 友 友 友 友 友
		一ㄡˇ		yǒu		178

一 ナ 方 友

第
六
課

課課		言 speech	8	15	課課課課課
		ㄎㄜ		kè	682

丶 亠 亠 言 言 言 言 訁 訁

訁 訁 訞 課 課

課	課	課	課						

花花		艸 grass	4	8	花花花花
		ㄏㄨㄚ		huā	153

丶 十 艹 艹 艹 艻 花 花

花	花	花	花						

蓮蓮		艸 grass	11	15	蓮蓮蓮蓮蓮
		ㄌㄧㄢ		lián	1134

丶 十 艹 艹 艹 苎 苐 茞 菪 莗

蓮 蓮 蓮 蓮 蓮

蓮	蓮	蓮	蓮						

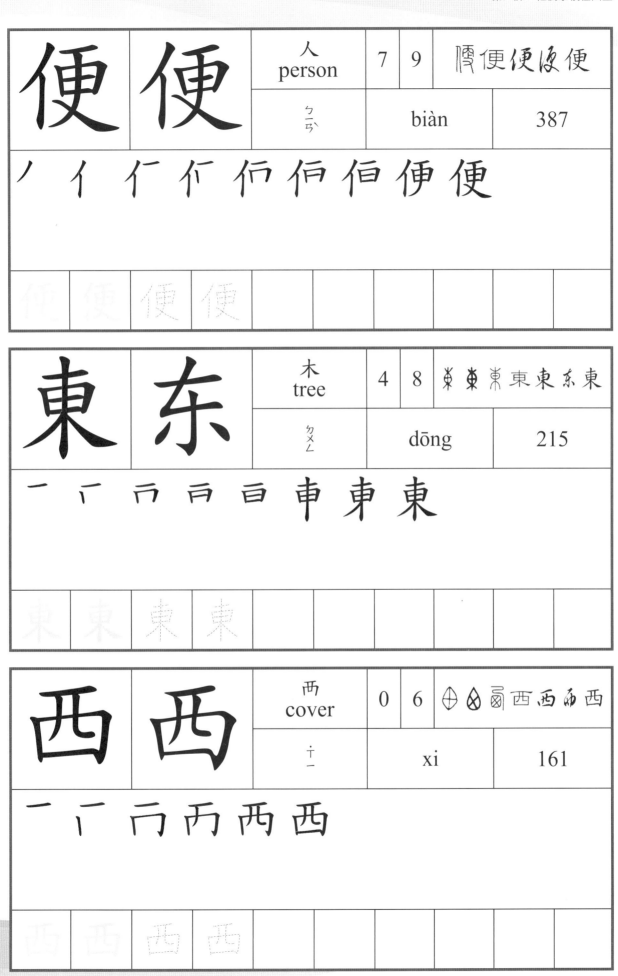

便便	人 person	7	9	㑰便便便
	ㄅ一ㄢ		biàn	387

ノ イ イ 仁 仁 仔 佰 伊 便

第六課

東东	木 tree	4	8	東東東東东東
	ㄉㄨㄥ		dōng	215

一 厂 厂 百 百 百 東 東 東

西西	西 cover	0	6	西西西西
	丅一		xi	161

一 丅 厂 丙 丙 西 西

商 商	口 mouth	8	11	癶 丙 喬 商 商 𠕁 商
	ㄕ ㄤ		shāng	304

丶 亠 亠 亠 产 产 产 商 商
商

商	商	商	商					

宿 宿	宀 roof	8	11	𡨄 𡩠 宿 宿 宿 𡩀 宿
	ㄙ ㄨ		sù	1532

丶 丷 宀 宀 宀 宀 宀 宿 宿 宿
宿

宿	宿	宿	宿					

舍 舍	舌 tongue	2	8	舍 舍 舍 舍 舍 舍
	ㄕ ㄜ		shè	1652

丿 人 人 今 全 全 舍 舍

舍	舍	舍	舍					

棟	栋	木 tree	8	12	楝 楝 棟 栋 棟
		ㄉㄨㄥˋ		dòng		2535

一 十 才 木 朾 朾 柿 梀 梀 梀 棟 棟

	棟	棟	棟						

圖	图	囗 enclosure	11	14	圙 圖 圖 圖 图 圖
		ㄊㄨˊ		tú		517

丨 冂 冂 冏 冏 冏 罔 罔 啚 啚
啚 啚 圖 圖

圖	圖	圖	圖						

館	馆	食 eat	8	16	餬 館 館 馆 館
		ㄍㄨㄢˇ		guǎn		648

ノ 𠂉 𠂉 今 今 今 食 食 食 食
飠 飠 飠 館 館 館

館	館	館	館						

旁 旁	方 square	6	10	⺕ ⺕ 斎 旁 旁 方 旁
	ㄆㄤˊ		páng	936

丶 亠 宀 宀 宀 立 产 旁 旁 旁

旁	旁	旁	旁						

邊 边	辵 stop&go	15	19	邊 邊 邊 邊 邊 邊
	ㄅㄧㄢ		biān	307

丶 亻 冂 白 自 自 自 臬 臬

臬 鼻 鼻 舁 臱 臱 邊 邊 邊

邊	邊	邊	邊						

教 教	攴 tap	7	11	執 教 教 教 教 教
	ㄐㄧㄠˋ		jiào	97

一 十 土 耂 耂 考 孝 孝 孝 教

教

教	教	教	教						

室室	宀 roof	6	9	室室室室
	戶		shì	546

` 丶 宀 宀 宁 宏 宏 宰 室

室	室	室	室						

池池	水 water	3	6	池池池池
	彳		chí	1434

` 丶 氵 氵 沪 沙 池

池	池	池	池						

唱 唱		口 mouth	8	11	唱唱唱唱唱
		ㄔㅊ		chàng	686

丨　冂　口　叩　叩　唱　唱　唱　唱　唱
唱

唱	唱	唱	唱						

歌 歌		欠 owe	10	14	歌 歌 歌 歌 歌
		ㄍㄜ		gē	620

一　一　一　一　可　可　可　哥　哥　哥
哥　歌　歌　歌

歌	歌	歌	歌						

分 分		刀 knife	2	4	分 分 分 分 分 分
		ㄈㄣ		fēn	78

ノ　八　分　分

分	分	分	分						

見	见	見 see	0	7	
		ㄐㄧㄢˋ	jiàn		147

見 見 見 見

從	从	彳 to pace	8	11	
		ㄘㄨㄥˊ	cóng		196

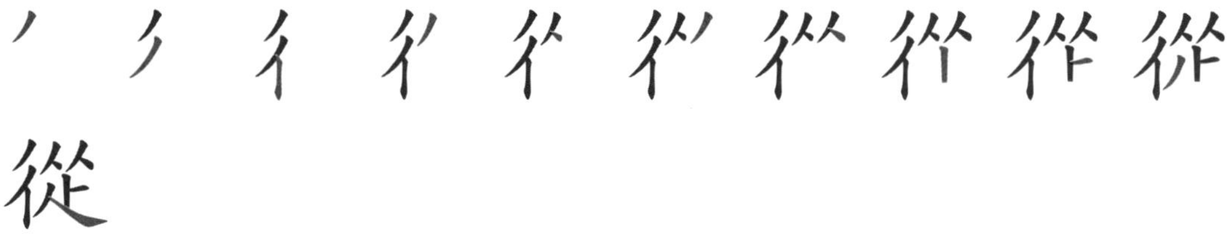

從 從 從 從

午	午	十 ten	2	4	
		ㄨˇ	wǔ		774

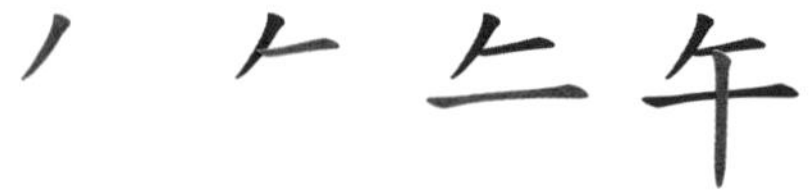

午 午 午 午

得 得	彳 to pace	8	11	得得得得得得
	勿ㄟˇ		děi	38

ㄧ ㄋ ㄔ ㄔ ㄔ ㄔ ㄔ ㄔ ㄔ 得 得
得

得	得	得	得					

銀 銀	金 metal	6	14	銀銀銀銀銀
	ㄧㄣˊ		yín	582

ㄧ ㄏ ㄏ ㄏ 牟 牟 金 金 釒 釒
釒 釒 銀 銀

銀	銀	銀	銀					

行 行	行 go, do	0	6	行行行行行行
	ㄏㄤˊ		háng	51

ㄧ ㄋ ㄔ ㄔ 行 行

行	行	行	行					

時	时	日 sun	6	10	時時時时時
		ㄕˊ	shí		19

時	時	時	時						

候	候	人 person	8	10	候候候候候
		ㄏㄡˋ	hòu		253

候	候	候	候						

次	次	欠 owe	2	6	次次次次次次
		ㄘˋ	cì		289

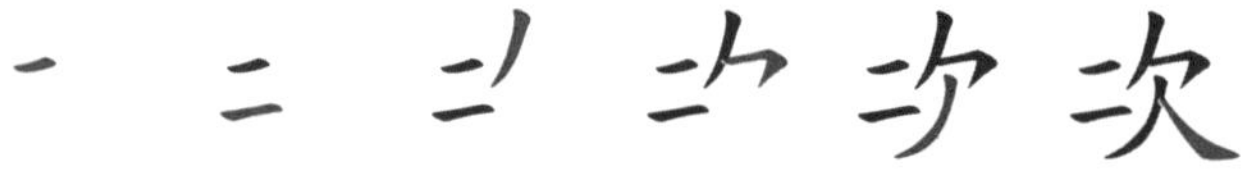

次	次	次	次						

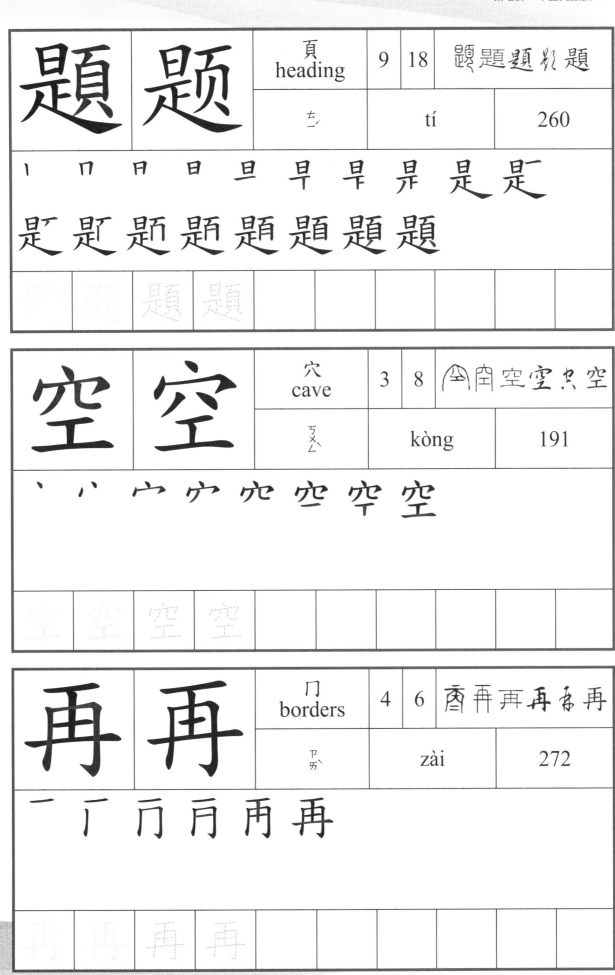

題題	頁 heading	9	18	題題題題題
	ㄊㄧˊ		tí	260

丶 冂 日 日 旦 早 早 昇 是 是
昰 昰 題 題 題 題 題 題

空空	穴 cave	3	8	空空空空
	ㄎㄨㄥˋ		kòng	191

丶 丷 宀 宀 穴 空 空 空

再再	冂 borders	4	6	再再再再再
	ㄗㄞˋ		zài	272

一 丆 丏 再 再 再

剛 刚		刀 knife	8	10	剛 剛 剛 剛 剛 剛 剛
		《尢	gāng		876

丨 冂 冂 冈 冈 冈 冈 岡 剛 剛

剛	剛	剛	剛				

半 半		十 ten	3	5	半 半 半 半 半 半
		ㄅㄢˋ	bàn		451

丶 丷 丷 兰 半

半	半	半	半				

比 比		比 compare	0	4	比 比 比 比 比 比
		ㄅㄧˇ	bǐ		232

一 上 比 比

比	比	比	比				

第七課

賽 賽	貝 shell	10	17	賽賽賽賓賽
	ㄙㄞˋ		sài	403

` 丶 宀 宀 宁 宇 審 宲 宾
宾 宲 宲 寒 審 賽 賽

| | | 賽 | 賽 | | | | | |

結 结	糸 silk	6	12	結結結结結
	ㄐㄧㄝˊ		jié	246

ㄥ 乡 乡 糸 糸 糸 糸 紆 紝 結
結 結

| | | 結 | 結 | | | | | |

束 束	木 tree	3	7	束束束束束束束
	ㄕㄨˋ		shù	1136

一 ㄏ 丆 丙 古 申 束 束

| 束 | 束 | 束 | 束 | | | | | |

103

忙 忙			心 heart	3	6	忙 忙 忙 忙
			ㄇㄤˊ		máng	800

丶 丨 忄 忄 忙 忙

忙	忙	忙	忙						

每 每			毋 do not	2	7	每 每 每 每 毎 每
			ㄇㄟˇ		měi	354

丿 ㇒ ㇀ 仁 勾 每 每 每

每	每	每	每						

法 法			水 water	5	8	法 法 法 法
			ㄈㄚˇ		fǎ	86

丶 丶 氵 氵 汗 汢 法 法

法	法	法	法						

始 始		女 female	5	8	始 始 始 始 北 始
		ㄕˇ		shǐ	347

ㄑ ㄡ 女 奺 奾 奾 始 始

字 字		子 child	3	6	字 字 字 字 字
		ㄗˋ		zì	338

丶 宀 宀 宁 宁 字

寫 写		宀 roof	12	15	寫 寫 字 寫
		ㄒㄧㄝˇ		xiě	445

丶 宀 宀 宀 宀 宀 宵 宵 宵
寫 寫 寫 寫 寫

等	等	竹 bamboo	6	12	竺等等斈等		
		ㄉㄥˇ		děng		370	

ノ ト ゲ ゲ 竹 竹 竹 竺 笠 笠 笠

等 等

等	等	等	等				

事	事	亅 hooked	7	8	事事事事事事		
		ㄕ		shì		63	

一 丆 丏 尹 吕 写 写 写 事

事	事	事	事				

意	意	心 heart	9	13	意意意之意		
		一		yì		99	

丶 亠 亠 立 产 立 音 音 音

意 意 意

意	意	意	意				

思	思	心 heart	5	9	✿思思罒思
		ㄙ		si	396

丶 冂 冃 用 田 甲 思 思 思

思	思	思	思						

火	火	火 fire	0	4	⚘ 火 火 火 火 火
		ㄏㄨㄛˇ			huǒ
					406

、 ゝ ゾ 火

| 火 | 火 | 火 | 火 | | | | | | |

車	车	車 car	0	7	車 車 車 車 車 車
		ㄔㄜ			chē
					49

一 ㄏ ㄏ ㄇ ㄕ 百 亘 車

| 車 | 車 | 車 | 車 | | | | | | |

跟	跟	足 foot	6	13	跟 跟 跟 跟 跟
		ㄍㄣ			gēn
					600

丶 丨 口 口 ㄗ ㄕ ㄕ 足 足ㄋ 足ㄋ 足ㄋ
跟 跟 跟

| 跟 | 跟 | 跟 | 跟 | | | | | | |

慢 慢	心 heart	11	14	慢慢慢慢慢
	ㄇㄢˋ		màn	721

丶丿忄忄忄忄忄忄忄忄
慢慢慢慢

慢	慢	慢	慢			

鐘 钟	金 metal	12	20	鐘鐘鐘鐘鐘鐘
	ㄓㄨㄥ		zhōng	952

丿𠂉𠂉𠂉午𠂉金金釒釒
釒釒鈩鈩鋅鐘鐘鐘鐘鐘

鐘	鐘	鐘	鐘			

頭 头	頁 heading	7	16	頭頭頭頭頭
	ㄊㄡˊ		tóu	108

一一一一一一一一豆豆豆豆
頭頭頭頭頭頭

頭	頭	頭	頭			

較较	車 car	6	13	較較敨較
	ㄐㄧㄠˋ		jiào	706

一 ㄏ 币 币 百 亘 車 車 軋 軋 軡 軡 較

快快	心 heart	4	7	忯快快快快
	ㄎㄨㄞˋ		kuài	283

丶 ㄏ 忄 忄 忙 忱 快 快

票票	示 spirit	6	11	奧票票票票
	ㄆㄧㄠˋ		piào	702

一 ㄏ 币 币 兩 兩 西 西 亜 禀 票
票

非非		非 false	0	8	才モ非 非 非 龍 非
		ㄈㄟ		fēi	327

ノ ナ ヺ 非 非 非 非 非

非	非	非	非					

但但		人 person	5	7	但但但但但
		ㄉㄢˋ		dàn	186

ノ イ 仜 们 但 但 但

但	但	但	但					

又又		又 also	0	2	ㄱㄢㄋ又又又
		一ㄡˋ		yòu	203

フ 又

又	又	又	又					

舒 舒	舌 tongue	6	12	舒舒舒舒舒
	ㄕㄨ		shū	1228

丿 ㄟ ㅌ ㅌ 仝 仝 舍 舍 舍 舒
舒 舒

		舒	舒						

服 服	月 moon	4	8	服服服服服服
	ㄈㄨˊ		fú	335

丿 刀 月 月 月 服 服 服

		服	服						

站 站	立 erect	5	10	站站站站
	ㄓㄢˋ		zhàn	660

丶 亠 ㅜ 六 立 立 站 站 站 站

		站	站						

或 或		戈 spear	4	8	或 或 或 或 或 或
		ㄏㄨㄛˋ	huò		461

一 ㄏ 市 市 市 或 或 或

或	或	或	或					

高 高		高 high	0	10	高 高 高 高 高 高 高
		ㄍㄠ	gāo		72

ヽ 亠 亠 市 古 户 高 高 高 高

高	高	高	高					

鐵	铁	金 metal	13	21	鐵 鐵 鐵 鐵 鐵
		ㄊㄧㄝˇ		tiě		818

ノ 𠂉 𠂉 𠂉 牟 牟 余 金 金 金 釒

釒 釒 釒 釒 鐕 鐕 鐟 鐟 鐵 鐵

鐵

鐵	鐵	鐵	鐵			

路	路	足 foot	6	13	路 踊 路 路 踚 路
		ㄌㄨˋ		lù		195

丶 ㄇ ㄇ ㄇ 卩 卩 足 足 足 趵 趵 跊

趵 路 路

路	路	路	路			

利 利	刀 knife	5	7	利		
	ㄌㄧˋ		lì		176	

ㄧ 二 千 千 禾 利 利

利	利	利	利				

參 參	ㄙ private	9	11	參		
	ㄘㄢ		cān		443	

ㄥ ㄙ ㄙ ㄙ 幺 幺 矣 矣 參
參

參	參	參	參				

觀 观		見 see	18	25	觀 觀 觀 觀 觀
		ㄍㄨㄢ		guān	187

丶 亠 ナ 艹 艹 艹 艹 苩 苩 苩

芦 芦 芦 芦 萆 萆 萑 萑 雚 雚

雚 雚 雚 雚 觀

觀	觀	觀	觀						

古 古		口 mouth	2	5	古 古 古 古 古 古 古
		ㄍㄨ		gǔ	364

一 十 十 古 古

古	古	古	古					

代代	人 person	3	5	肤代代代代
	ㄉㄞˋ		dài	132

ノ 亻 亻 代 代

代	代	代	代					

騎騎	馬 horse	8	18	騎騎騎騎騎
	ㄑㄧˊ		qí	1583

l 「 ⺊ ⺊ ⺊ ⺊ 馬 馬 馬 馬 馬
馬 馬 馬 騎 騎 騎 騎 騎

騎	騎	騎	騎					

載載	車 car	6	13	載載載載載載
	ㄗㄞˋ		zài	1208

一 十 土 吉 吉 吉 吉 吉 壹 車
載 載 載

載	載	載	載					

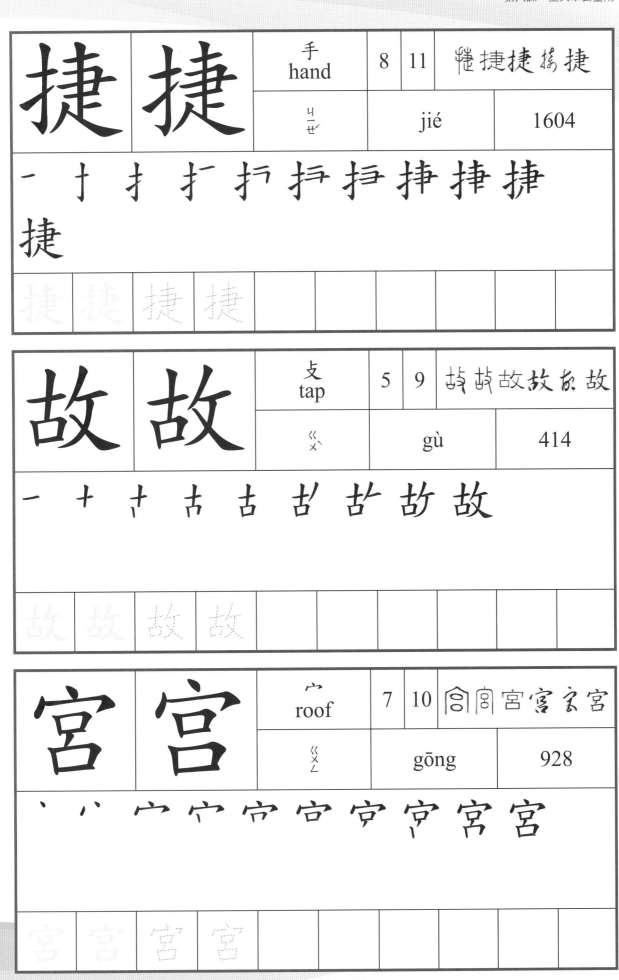

捷捷	手 hand	8	11	捷捷捷捷捷
	ㄐㄧㄝˊ		jié	1604

一 丁 扌 扌 扩 扩 拃 捷 捷 捷 捷

捷

故故	攵 tap	5	9	故故故故故故
	ㄍㄨˋ		gù	414

一 十 十 古 古 古 故 故 故

宮宮	宀 roof	7	10	宮宮宮宮宮宮
	ㄍㄨㄥ		gōng	928

丶 丶 宀 宀 宀 宁 宁 宁 宮 宮

第八課

119

博博	十 ten	10	12	博博博博博博
	ㄅㄛˊ		bó	983

一 十 十 扩 扩 挿 捕 捕 博 博 博
博 博

博	博	博	博					

物物	牛 ox	4	8	物物物物物
	ㄨˋ		wù	122

ノ ト 牛 牛 牛 物 物 物

物	物	物	物					

院院	阜 plenty	7	10	院院院院院
	ㄩㄢˋ		yuàn	282

ˋ 了 阝 阝 阝 阽 阽 陀 陀 院

院	院	院	院					

公公		八 eight	2	4	公公公公公公公
		ㄍㄨㄥ		gōng	64

ㄥ 八 公 公

| | 公 | | 公 | | 公 |

汽汽		水 water	4	7	汽汽汽汽汽
		ㄑㄧˋ		qì	667

ㄟ ㄟ ㄟ 氵 氵 汽 汽 汽

| | 汽 | | 汽 | | 汽 |

行行		行 go, do	0	6	行行行行行行
		ㄒㄧㄥˊ		xíng	51

ㄟ ㄟ ㄟ ㄟ 行 行

| | 行 | | 行 | | 行 |

計 计		言 speech	2	9	計計計计計
		ㄐㄧˋ		jì	245

丶 亠 ニ 言 言 言 言 訂 計

計	計	計	計						

程 程		禾 grain	7	12	程程程程 程
		ㄔㄥˊ		chéng	344

一 二 千 禾 禾 禾 禾 和 稈 程
程 程

程	程	程	程						

差 差		工 work	7	10	差差差差差差
		ㄔㄚ		chā	699

丶 丶 丷 丷 羊 羊 差 差 差

差	差	差	差						

星	星	日 sun	5	9	星星星星星
		ㄒㄧㄥ		xīng	223

丶 一 冂 冃 日 尸 旦 旱 星 星

	星	星	星					

期	期	月 moon	8	12	期期期期
		ㄑㄧ		qí	175

一 十 卄 世 艹 甘 其 其 其 期 期

期 期

期	期	期	期					

回	回	囗 enclosure	3	6	回回回回回
		ㄏㄨㄟ		huí	126

丨 冂 冂 冋 囬 回

回	回	回	回					

算算		竹 bamboo	8	14	算算算算算
		ㄙㄨㄢˋ		suàn		450

丿 ㄏ ㄓ 𥫗 竹 竺 竹 笁 筲

笪 筲 算 算

算	算	算	算					

視視		見 see	4	11	視視視視視
		ㄕˋ		shì		287

丶 ㄦ ㄨ ㄔ 礻 初 祁 祁 祖 視

視

視	視	視	視					

旅旅		方 square	6	10	旅旅旅旅旅旅
		ㄌㄩˇ		lǚ		635

丶 ㄧ ㄎ 方 方 方 方 方 旅 旅

旅	旅	旅	旅					

| 功 功 | | 力 strength | 3 | 5 | 珛功功功功 |
| 功 功 | | ㄍㄨㄥ | | gōng | 375 |

一 丁 工 功 功

| 出 出 | | ㄩ receptacle | 3 | 5 | 出出出出出出 |
| 出 出 | | ㄔㄨ | | chū | 22 |

丨 屮 屮 出 出

| 概 概 | | 木 tree | 9 | 13 | 概概概概 |
| 概 概 | | ㄍㄞˋ | | gài | 1062 |

一 十 才 木 杧 杧 杧 栶 栶 栶
栶 槪 概

125

放 放		攵 tap	4	8	扩 放 放 放 放
		ㄈㄤˋ		fàng		258

、 ㄧ 方 方 方 放 放

放	放	放	放						

假 假		人 person	9	11	假 假 假 假 假
		ㄐㄧㄚˋ		jià		527

ノ イ イ 伊 伊 作 作 作 作 假
假

假	假	假	假						

久 久		ノ left stroke	2	3	久 久 久 久 久
		ㄐㄧㄡˇ		jiǔ		543

ノ ク 久

久	久	久	久						

女女	女 female	0	3	農 ᔟ 虎 女 女 㚢 女
	ㄋㄩˇ		nǔ	152

ㄑ ㄠ 女

		女	女						

號号	虍 tiger	7	13	𧇒 号 號 獅 號
	ㄏㄠˋ		hào	822

丶 ㄇ ㅁ ㅁ 㕦 号 号 号 號 號

號 號 號

		號	號						

她她	女 female	3	6	她 她 她 她
	ㄊㄚ		tā	174

ㄑ ㄠ 女 如 妙 她

		她	她						

建建		廴 move on	6	9	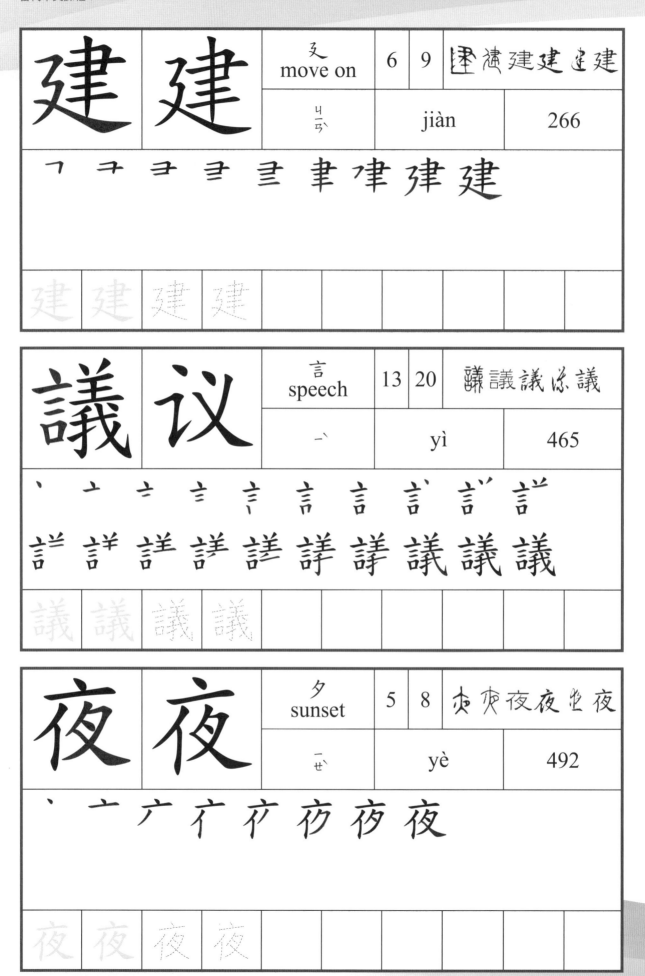
		ㄐㄧㄢˋ		jiàn	266

ㄱ ㄱ ㅋ ㅋ ㅌ 聿 聿 建 建

| 建 | 建 | 建 | 建 | | | | | |

議议		言 speech	13	20	
		ㄧˋ		yì	465

、 亠 ㅗ 言 言 言 言 訁 訁

訁 訁 詳 詳 詳 詳 譁 議 議 議

| 議 | 議 | 議 | 議 | | | | | |

夜夜		夕 sunset	5	8	
		ㄧㄝˋ		yè	492

、 亠 广 疒 疒 夜 夜 夜

| 夜 | 夜 | 夜 | 夜 | | | | | |

市市		巾 napkin	2	5	半 半 市 市 市 市
		ㄕ		shì		79

、 亠 亠 亣 市

	市		市	市					

應应		心 heart	13	17	應 應 應 應 應
		乙		yīng		212

、 亠 广 广 厂 庐 庐 庐 庐

庐 庐 庐 雁 應 應 應

	應		應	應					

該该		言 speech	6	13	該 該 該 該 該
		ㄍㄞ		gāi		483

、 亠 亠 亠 言 言 言 言 訁 訁

訜 該 該

	該		該	該					

逛 逛		辵 stop&go	7	11	逛逛逛逛
		ㄍㄨㄤ		guàng	2430

ˋ ㄚ ㄚ ㄚ ㄚ ㄚ 狂 ˋ狂 逛 逛

逛

逛	逛	逛	逛						

特 特		牛 ox	6	10	特特特特特
		ㄊㄜˋ		tè	213

ˊ ㄥ ㄚ 牛 牛 牛 牜 牜 牜 特 特

特	特	特	特						

別 別		刀 knife	5	7	別別別別別
		ㄅㄧㄝˊ		bié	241

丶 ㄇ ㄩ ㄕ 另 別 別

別	別	別	別						

決决		水 water	4	7	㳌決决皮決	
		ㄐㄩㄝˊ		jué		416
丶　丶　氵　沪　江　決　決						

就就		尢 lame, crooked	9	12	就就就就就	
		ㄐㄧㄡˋ		jiù		57
丶　亠　六　亠　古　亨　京　京　京　就 就　就						

貓猫		豸 reptile	9	16	貓貓貓猫貓	
		ㄇㄠ		māo		1317
丿　丶　丷　丷　豸　乎　豸　豸　豸　豸 豸　豸　貓　貓　貓　貓						

水 水	水 water	0	4	水水水水水水
	ㄕㄨㄟˇ		shuǐ	88

亅 刁 水 水

| 水 | 水 | 水 | 水 | | | | | | |

果 果	木 tree	4	8	果果果果果果
	ㄍㄨㄛˇ		guǒ	128

丨 冂 冂 日 旦 甲 果 果

| 果 | 果 | 果 | 果 | | | | | | |

黃 黃	黃 yellow	0	12	黃黃黃黃黃黃
	ㄏㄨㄤˊ		huáng	428

一 十 卄 卄 芊 芊 苦 昔 苗 黃

黃 黃

| 黃 | 黃 | 黃 | 黃 | | | | | | |

色	色	色 color	0	6	色色色色色
		ㄙㄜ		sè		169

ノ ク ク ク ク 色

色	色	色	色						

芒	芒	艸 grass	3	7	芒芒芒芒芒
		ㄇㄤ		máng		2201

丶 十 十 艹 艹 芒 芒

芒	芒	芒	芒						

給	给	糸 silk	6	12	給給給給給
		ㄍㄟ		gěi		314

ㄥ ㄥ 幺 幺 幺 糸 糸 糸 給 給

給 給

給	給	給	給						

香 香	香 fragrance	0	9	蕎 香 香 糸 香
	ㄒㄧㄤ		xiāng	469

一 二 千 千 禾 禾 香 香 香

		香	香					

紅 紅	糸 silk	3	9	紅 紅 紅 糸 紅
	ㄏㄨㄥ		hóng	355

ㄥ 幺 幺 幺 糸 糸 紅 紅 紅

紅	紅	紅	紅					

瓜 瓜	瓜 melon	0	5	爪 瓜 瓜 瓜 ㄥ 瓜
	ㄍㄨㄚ		guā	1055

一 厂 瓜 瓜 瓜

		瓜	瓜					

拍 拍	手 hand	5	8	拍 拍 拍 拍 拍
	夂ㄞ		pāi	850

一 丁 扌 扩 扩 拍 拍 拍

拍	拍	拍	拍						

笑 笑	竹 bamboo	4	10	笑 笑 笑 笑 笑
	ㄒㄧㄠ		xiào	357

丿 ㇒ ㇏ ㇏ 竹 竹 竺 竺 笐 笑

笑	笑	笑	笑						

心 心	心 heart	0	4	心 心 心 心 心 心
	ㄒㄧㄣ		xīn	34

丶 心 心 心

心	心	心	心						

穿穿			穴 cave	4	9	宀穿穿穿穿
			ㄔㄨㄢ		chuān		797

`、 ハ 宀 宀 牢 空 空 穿 穿`

穿	穿	穿	穿						

衣衣			衣 cloth	0	6	𧘇 衣 衣 衣 衣 衣
			一		yī		558

`、 亠 宀 龙 衣 衣`

衣	衣	衣	衣						

男男			田 field	2	7	𤰔 𤰔 罗 男 男 男 男
			ㄋㄢˊ		nán		427

`丶 冂 曰 田 田 甼 男`

男	男	男	男						

矮 矮		矢 arrow	8	13	矮 矮 矮 矮 矮
		ㄞˇ		ǎi	1918

ノ ㇒ ㇒ 乞 矢 矢 矢 矢 矫 矮
矮 矮 矮

矮	矮	矮	矮						

乾 干		乙 bent	10	11	乾 乾 乾 乾 乾
		ㄍㄢ		gān	791

一 十 十 古 古 古 直 卓 卓 卓
乾

乾	乾	乾	乾						

淨 净		水 water	8	11	淨 淨 淨 淨 淨
		ㄐㄧㄥ		jìng	1056

丶 丶 氵 氵 汀 汗 汗 泞 淨 淨
淨

淨	淨	淨	淨						

窗 窗		穴 cave	7	12	窗窗窗窗窗
		ㄔㄨㄤ		chuāng	835

`、ヽ宀宀灾灾灾窍窍窍窍`
`窗窗`

		窗	窗						

戶 戶		戶 household	0	4	戶戶戶戶戶戶
		ㄏㄨ		hù	793

`一ㄱ戸戶`

		戶	戶						

往 往		彳 to pace	5	8	往往往往往往
		ㄨㄤˇ		wǎng	331

`ノクイ彳彳往往往`

		往	往						

藍蓝		艸 grass	14	18	藍藍藍藍藍
		ㄌㄢˊ		lán	1095

丶 十 十一 艹 艹 艹 芒 芦 芦 莒

莒 莒 莒 莒 莊 莊 藍 藍

藍	藍	藍	藍				

因因		口 enclosure	3	6	因因因因因因
		ㄧㄣ		yīn	76

丨 冂 冂 冈 因 因

因	因	因	因				

住住		人 person	5	7	住住住住
		ㄓㄨˋ		zhù	301

丿 亻 亻 亻 亻 住 住

住	住	住	住				

些	些	二 two	6	8	些 些 些 些 些
		ㄒㄧㄝ		xiē	202

丨 ㅏ ㅑ 止 此 此 些 些

些 些 些 些

141

租 租		禾 grain	5	10	租 租 租 租 租
		ㄗㄨ		zū	1619

一 二 千 禾 禾 禾 和 和 和 和 租

租	租	租	租							

廚 厨		广 shelter	12	15	廚 廚 廚 廚 廚
		ㄔㄨˊ		chú	1666

、 一 广 广 庐 庐 庐 庐 庐 庐
庐 厨 厨 厨 厨

廚	廚	廚	廚							

左 左		工 work	2	5	左 左 左 左 左
		ㄗㄨㄛˇ		zuǒ	884

一 ナ ナ 左 左

左	左	左	左							

右 右	口 mouth	2	5	右 右 右 右 右 右
	ㄧㄡˋ		yòu	894

一 ナ ナ 右 右

右	右	右	右						

浴 浴	水 water	7	10	浴 浴 浴 浴 浴
	ㄩˋ		yù	1915

丶 丶 氵 氵 氵 沪 浴 浴 浴 浴

浴	浴	浴	浴						

超 超	走 walk	5	12	超 超 超 超 超
	ㄔㄠ		chāo	640

一 十 土 キ キ 走 走 起 起 起

超 超

超	超	超	超						

走 走		走 walk	0	7	大 耂 耂 走 走 ゃ 走
		ㄗㄡˇ		zǒu	229

一　十　土　卡　卡　走　走　　　　　　、

	走	走						

間 间		門 door	4	12	間 间 冐 間
		ㄐㄧㄢ		jiān	116

丨　冂　冂　門　門　門　門　門　門　問　問

問　間

間	間	間	間					

套 套		大 big	7	10	套 套 套 套
		ㄊㄠˋ		tào	1194

一　ナ　大　木　本　本　査　套　套　套

	套	套	套					

話话	言 speech	6	13	話話話話話
	ㄏㄨㄚˋ		huà	217

、 亠 亠 亖 言 言 言 訁 訐 訐
訐 話 話

話	話	話	話				

林林	木 tree	4	8	林林林林林
	ㄌㄧㄣˊ		lín	342

一 十 十 才 木 杧 村 材 林

林	林	林	林				

喂喂	口 mouth	9	12	喂喂喂喂
	ㄨㄟˊ		wéi	2222

丨 冂 口 叮 叮 唱 啍 哩 哩 喂
喂 喂

喂	喂	喂	喂				

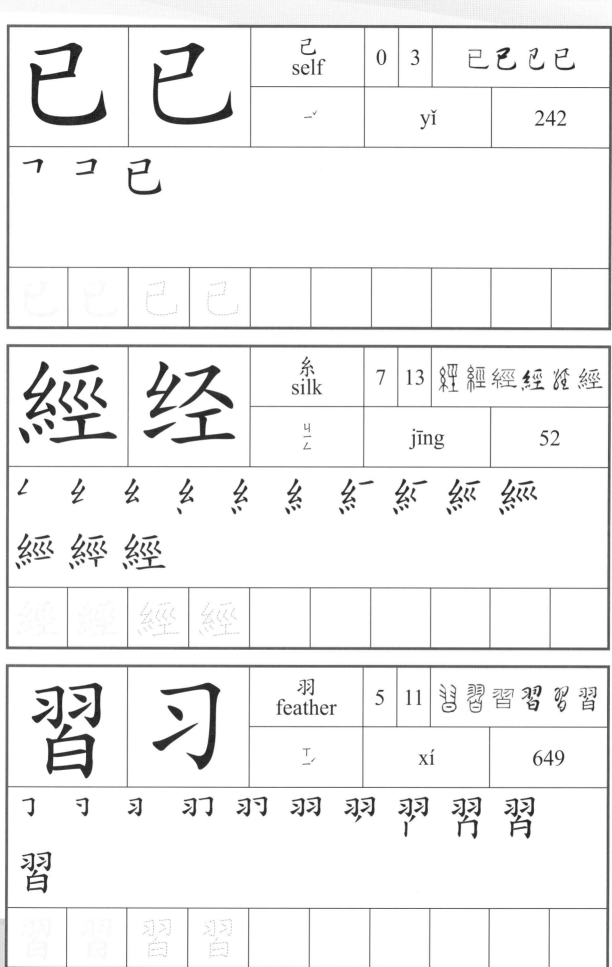

已	已	己 self	0	3	已 已 已 已
		ˇ		yǐ	242

ㄱ コ 已

經	经	糸 silk	7	13	經 經 經 經 經 經
		ㄐㄥ		jīng	52

ㄴ ㄠ ㄠ ㄠ ㄠ 糸 糺 糽 經 經
經 經 經

習	习	羽 feather	5	11	習 習 習 習 習 習
		ㄒㄧˊ		xí	649

ㄱ ㄱ ㄱ 习 习 羽 羽 習 習 習
習

慣慣	心 heart	11	14	慣慣慣慣
	ㄍㄨㄢˋ		guàn	1141

丶 丨 忄 忄 忄 忄 忄 忄 忄 忄
慣 慣 慣 慣

慣	慣	慣	慣		

器器	口 mouth	13	16	器器器器器
	ㄑㄧˋ		qì	486

丨 冂 口 吅 吅 吅 吅 哭 哭
哭 哭 器 器 器 器

器	器	器	器		

像像	人 person	12	14	像像像像
	ㄒㄧㄤˋ		xiàng	208

丿 亻 亻 亻 亻 像 像 像 像
像 像 像 像

像	像	像	像		

裝 装			衣 cloth	7	13	裝裝裝裝裝
			ㄓㄨㄤ		zhuāng	566

ㄴ ㄐ ㄐ ㅐ ㅐ ㅐ 壯 壯 壯 裝

裝 裝 裝

		裝	裝						

過 过			辵 stop&go	9	13	過過過過過過
			ㄍㄨㄛ		guò	40

丨 冂 冂 冃 冎 冎 咼 咼 咼 過

過 過 過

過	過	過	過						

付 付			人 person	3	5	付付付付付付
			ㄈㄨ		fù	1043

ノ イ 仁 付 付

付	付	付	付						

收收			攵 tap	2	6	攴收收收收
			ㄕ ㄡ		shōu		263

㇄	㇄	㇄	㇄	收	收

收	收	收	收						

關关			門 door	11	19	關關關关關
			ㄍ ㄨ ㄢ		guān		180

丨	丨	丨	丨	丨	門	門	門	門	門
門	關	關	關	關	關	關	關	關	

關	關	關	關						

係系			人 person	7	9	係係係係係
			ㄒ ㄧ		xi		661

丿	亻	亻	伫	係	係	係	係	係

係	係	係	係						

線　线	糸 silk	9	15	綃 線 線 線 線
	ㄒㄧㄢˋ		xiàn		408

ㄥ ㄠ ㄠ ㄠ ㄠ ㄠ ㄠ′ 糸′ 糸′ 糸′ 紏 絈 絈 絈 絈 絇 綧 線 線 線

線　線　線　線

151

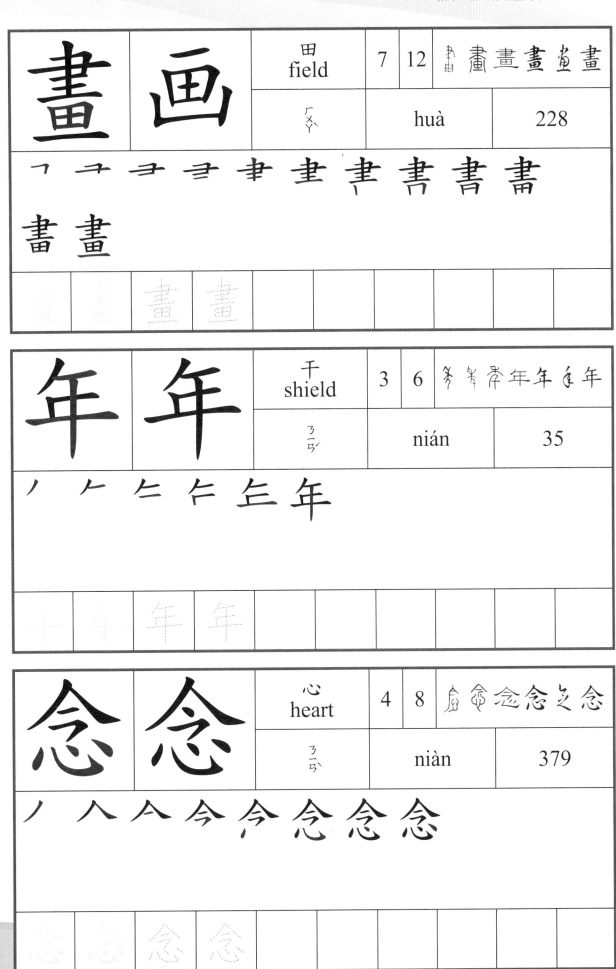

畫 画		田 field	7	12	畫畫畫畫畫	
		ㄏㄨㄚˋ		huà	228	

一フ그글글聿聿聿書書書

書畫

年 年		干 shield	3	6	年年	
		ㄋㄧㄢˊ		nián	35	

ノ ㇒ ㇒ 仁 乍 乍 年

念 念		心 heart	4	8	念念念念念	
		ㄋㄧㄢˋ		niàn	379	

ノ 人 人 今 今 念 念 念

153

需需		雨 rain	6	14	需需需需寫需
		ㄒㄩ		xū	541

一 厂 厂 币 币 币 雨 雨 雨 雪 雪
雪 雪 雪 需

獎奖		犬 dog	11	15	將獎獎獎獎
		ㄐㄧㄤˇ		jiǎng	684

丬 爿 爿 爿 爿 爿 爿 爿 爿 將
將 將 獎 獎 獎

金金		金 metal	0	8	金金金金金金
		ㄐㄧㄣ		jīn	183

丿 人 人 今 全 全 金 金

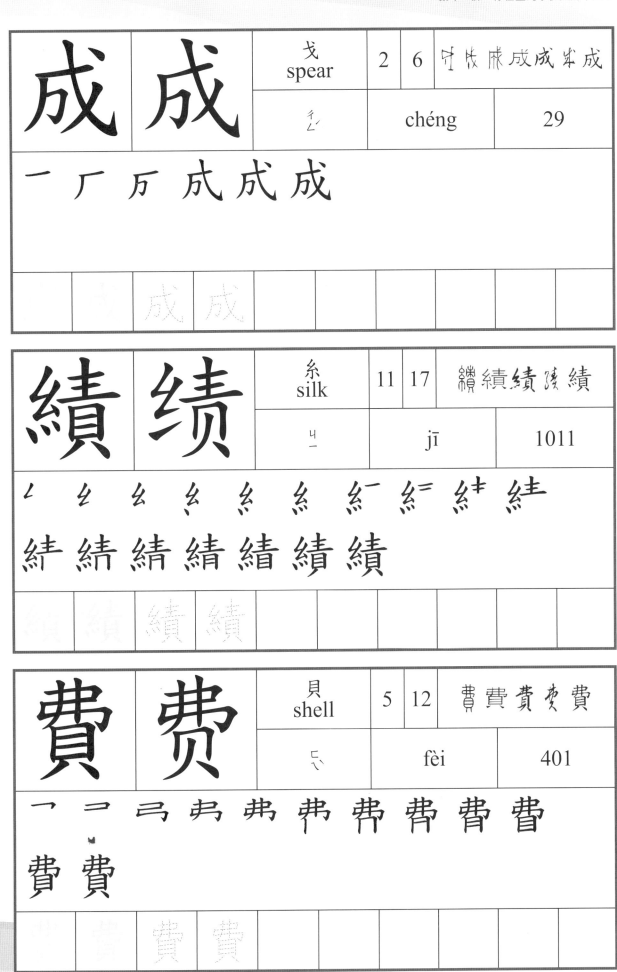

成成		戈 spear	2	6	厂 长 成 成 成 半 成
		犭ㄥˊ		chéng	29

一 厂 万 成 成 成

		成	成				

績绩		糸 silk	11	17	績 績 績 陵 績
		ㄐ ㄧ		jī	1011

ㄥ ㄥ 幺 幺 糸 糸 糸 紣 紣 結

結 結 結 績 績 績 績

績	績	績	績				

費费		貝 shell	5	12	費 費 費 費 費
		ㄈㄟˋ		fèi	401

フ 一 弓 弗 弗 弗 费 费 费

費 費

		費	費	費			

司 司		口 mouth	2	5	司 司 司 司 司 司 司
		ㄙ		sī	300

フ 刁 司 司 司

司	司	司	司					

替 替		日 speak	8	12	替 替 替 替 替 替
		ㄊㄧˋ		tì	1173

一 二 丰 夫 夫 夫 扶 扶 扶 替

替 替

替	替	替	替					

希 希		巾 napkin	4	7	希 希 希 希
		ㄒㄧ		xī	526

ノ メ メ 产 矛 希 希

希	希	希	希					

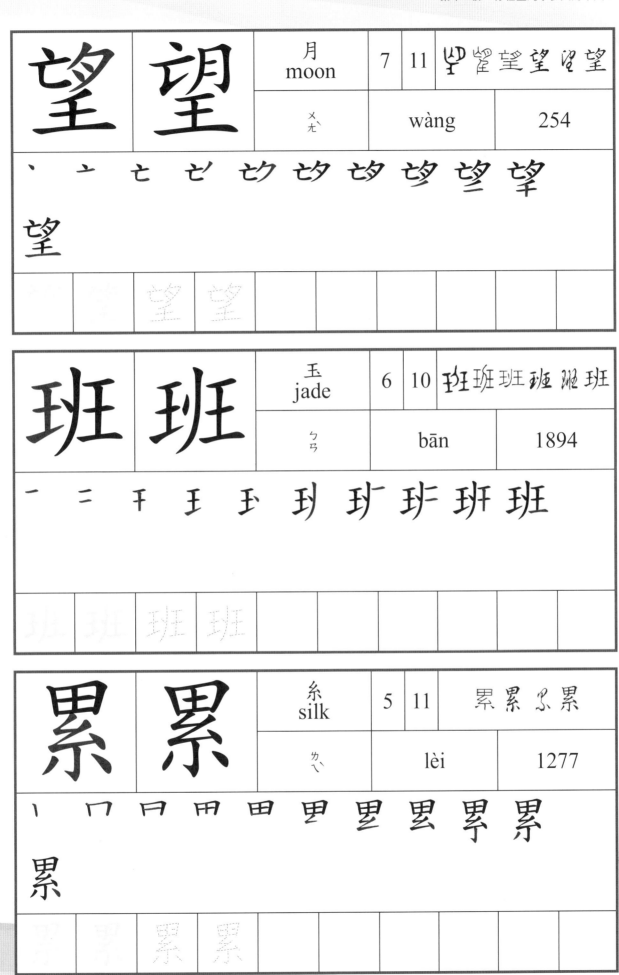

望望	月 moon	7	11	望望望望望望
	ㄨㄤˋ		wàng	254

、 ﹁ ﾞ ﾞ ﾞ ﾞ ﾞ ﾞ 望 望

望

班班	玉 jade	6	10	班班班班班班
	ㄅㄢ		bān	1894

一 二 干 王 玉 玑 玑 玹 班 班

累累	糸 silk	5	11	累累累累
	ㄌㄟˋ		lèi	1277

丶 冂 冃 田 田 罒 罗 罘 累 累

累

語语		言 speech	7	14	語語語语語
		ㄩˇ		yǔ	378

丶 亠 亠 言 言 言 言 訁 訂 語

語 語 語 語

言言		言 speech	0	7	言言言言言言言
		一ㄢˊ		yán	429

丶 亠 亠 言 言 言 言

加加		力 strength	3	5	加加加加加加
		ㄐ一ㄚ		jiā	138

フ 力 力 加 加

油 油		水 water	5	8	油 油 油 油 油 油
		一ㄡˊ		yóu		553

、 、 氵 汀 汩 汩 油 油

		油	油					

工 工		工 work	0	3	工 工 工 工 工 工
		ㄍㄨㄥ		gōng		103

一 丁 工

		工	工					

作 作		人 person	5	7	作 作 作 作 作
		ㄗㄨㄛˋ		zuò		58

ノ 亻 亻 仁 作 作 作

		作	作					

試 试		言 speech	6	13	試試試試試
		ㄕˋ		shì		642

、 一 亠 言 言 言 言 訁 訁 訁

訁 試 試

試	試	試	試					

難 难		隹 a bird	11	19	難難難難難
		ㄋㄢˊ		nán		280

一 十 艹 廿 苩 苹 苩 莒 革

革 革 革 革 革 革 革 難 難

難	難	難	難					

樂 乐	木 tree	11	15	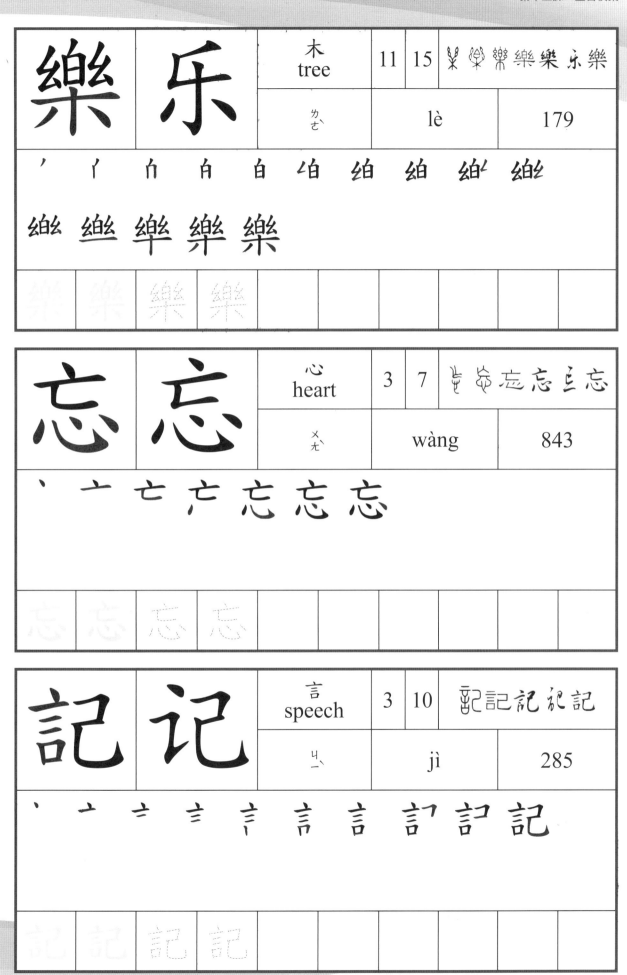
	ㄌㄜˋ	lè		179

、 ⺊ ⺊ ⺊ 白 伯 绐 绐 绐 绐

绐 樂 樂 樂 樂

| 樂 | 樂 | 樂 | 樂 | | | | | | |

忘 忘	心 heart	3	7	
	ㄨㄤˋ	wàng		843

、 ⺀ 亡 亡 忘 忘 忘

| 忘 | 忘 | 忘 | 忘 | | | | | | |

記 记	言 speech	3	10	
	ㄐㄧˋ	jì		285

、 ⺀ ⺧ ⺧ 言 言 言 訂 記 記

| 記 | 記 | 記 | 記 | | | | | | |

當 当		田 field	8	13	當當當尚當	
		ㄉ ㄤ			dāng	96

一 丨 丬 屮 屮 屵 屵 屵 肖 肖
屵 屵 當

| 當 | 當 | 當 | 當 | | | | | | |

然 然		火 fire	8	12	然然然然出然	
		ㄖ ㄢˊ			rán	36

ノ ク タ タ タ 夕 炋 狹 狹 然
然 然

| 然 | 然 | 然 | 然 | | | | | | |

交 交		亠 a cover	4	6	交交交交	
		ㄐㄧㄠ			jiāo	299

丶 亠 六 六 亣 交

| 交 | 交 | 交 | 交 | | | | | | |

換換	手 hand	9	12	换換換換換
	ㄏㄨㄢˋ		huàn	769

一 丁 扌 扩 护 护 抽 换 换 捣
换 换

換	換	換	換					

牙牙	牙 tooth	0	4	匕 匃 牙 牙 才 牙
	ㄧㄚˊ		yá	762

一 匚 牙 牙

牙	牙	牙	牙					

門门	門 door	0	8	門門門門門門門
	ㄇㄣˊ		mén	205

丨 冂 冂 冃 門 門 門 門 門

門	門	門	門					

第十三課

口口			口 mouth	0	3	凵 凵 甴 口 口 口 口
			ㄎ ㄡ		kǒu	198

一 冂 口 口

口	口	口	口						

必必			心 heart	1	5	灵 业 閦 必 必 必 必
			ㄅ ㄧ		bì	286

丶 心 心 心 必

必	必	必	必						

禮礼			示 spirit	13	17	禮 禮 禮 祣 禮
			ㄌ ㄧ		lǐ	71

丶 ラ ネ ネ ネ 礻 礻 袖 袖
禮 禮 禮 禮 禮 禮 禮

禮	禮	禮	禮						

訂 訂		言 speech	2	9	訂訂訂訂訂
		ㄉㄧㄥ		dìng	1091

、　亠　亠　言　言　言　言　訂　訂

| 訂 | 訂 | 訂 | 訂 | | | | |

豬 豬		豕 pig	8	15	豬豬豬豬豬
		ㄓㄨ		zhū	1387

一　ㄱ　ㄍ　豸　豸　豸　豸　豸　豺　豺
豺　豺　豬　豬　豬

| 豬 | 豬 | 豬 | 豬 | | | | |

腳 腳		肉 meat	9	13	腳腳腳腳腳
		ㄐㄧㄠ		jiǎo	579

丿　月　月　月　月　肝　肝　肝　胠
胠　腳　腳

| 腳 | 腳 | 腳 | 腳 | | | | |

蛋	蛋	虫 insect	5	11	蛋蛋蛋蛋
		ㄉㄢ		dàn	1187

一 ㄇ ㄕ ㄕ 尺 尺 尺 呑 呑 番 蛋
蛋

| 蛋 | 蛋 | 蛋 | 蛋 | | | | | | |

傳	传	人 person	11	13	傳傳傳傳傳傳
		ㄔㄨㄢˊ		chuán	279

ノ 亻 亻 亻 仵 仴 佢 俥 俥
俥 傳 傳

| 傳 | 傳 | 傳 | 傳 | | | | | | |

統	统	糸 silk	5	11	統統統統統
		ㄊㄨㄥˇ		tǒng	233

乚 纟 纟 纟 纟 糸 糸 紅 紆 紗
統

| 統 | 統 | 統 | 統 | | | | | | |

輕 轻		車 car	7	14	輕輕輕輕輕
		ㄑㄧㄥ		qīng	358

一 厂 币 沥 百 亘 車 軒 軒 軒 輕
輕 輕 輕 輕

糕 糕		米 rice	10	16	糕糕糕糕
		ㄍㄠ		gāo	1978

丶 丷 ⺍ 半 米 米 米 米 粐 粐
粐 粐 粐 糕 糕 糕

祝 祝		示 spirit	5	9	祝祝祝祝祝祝
		ㄓㄨˋ		zhù	1426

丶 ㇇ ㇇ 礻 礻 礻 祀 祀 祝

部部		邑 city	8	11	䣌 部 部 邒 部
		ㄅㄨˋ		bù	145

丶 亠 六 立 立 产 音 音 音 部 部

部

部	部	部	部						

冷 冷			冫 ice	5	7	炂 冷 冷 冫 冷
			ㄌㄥˇ		lěng		711

丶 冫 冫 冫 冷 冷 冷

| 冷 | 冷 | 冷 | 冷 | | | | |

滑 滑			水 water	10	13	滑 滑 滑 滑 滑
			ㄏㄨㄚˊ		huá		1290

丶 丶 氵 氵 沪 沪 沪 沪 沪 滑

滑 滑 滑

| 滑 | 滑 | 滑 | 滑 | | | | |

雪 雪			雨 rain	3	11	雪 雪 雪 雪
			ㄒㄩㄝˇ		xuě		902

一 一 一 一 一 雨 雨 雨 雪 雪

雪

| 雪 | 雪 | 雪 | 雪 | | | | |

春 春	日 sun	5	9	𣐈 𣐈 𣐈 春 春 春 春
	ㄔㄨㄣ		chūn	524

一　二　三　彗　夫　夫　春　春　春

春　春　春　春

父 父	父 father	0	4	父 父 父 父 父 父
	ㄈㄨ		fù	308

丶　八　父　父

父　父　父　父

冬 冬	冫 ice	3	5	冬 冬 冬 冬 冬 冬
	ㄉㄨㄥ		dōng	1010

丿　夂　夂　冬　冬

冬　冬　冬　冬

秋 秋			禾 grain	4	9	秌秋秋秋秋
			ㄑㄧㄡ		qiū	903

ㄧ 二 千 禾 禾 禾 秒 秋 秋

	秋	秋	秋				

葉 叶			艸 grass	9	13	葉葉葉葉葉
			ㄧㄝ		yè	599

ㄧ 十 十 艸 芏 苹 苹 苩 莊 莊

苯 葉 葉

葉	葉	葉	葉				

只 只			口 mouth	2	5	只只只只只
			ㄓˇ		zhǐ	130

ㄧ 口 口 尺 只

只	只	只	只				

紐 纽		糸 silk	4	10	紐紐紐紐紐
		ㄋ一ㄡˇ		niǔ	1588

ㄥ ㄥ ㄠ ㄠ ㄠ ㄠ ㄠ 紁 紐 紐 紐

紐	紐	紐	紐						

約 约		糸 silk	3	9	約約約約約
		ㄩㄝ		yuē	525

ㄥ ㄥ ㄠ ㄠ ㄠ ㄠ ㄠ 紁 約 約

約	約	約	約						

底 底		广 shelter	5	8	庄底底底底
		ㄉㄧˇ		dǐ	515

、 一 广 广 庄 庄 底 底

底	底	底	底						

雨 雨		雨 rain	0	8	雨雨雨雨雨雨	
		ㄩˇ		yǔ		494

一 丆 丆 厐 厎 雨 雨 雨 雨

傘 傘		人 person	10	12	傘傘傘傘	
		ㄙㄢˇ		sǎn		1992

丿 人 仐 仐 夳 夳 夳 夳 夳 夳
夳 傘

颱 台		風 wind	5	14	颱颱颱颱	
		ㄊㄞˊ		tái		2422

丿 几 凡 凡 凨 凨 風 風 風 颪
颱 颱 颱 颱

夏 夏		夂 walk	7	10	夒 夒 夏 夏 夏 夏
		ㄒㄧㄚˋ		xià	794

一 丅 丆 丙 百 百 百 戶 戸 夏

夏	夏	夏	夏					

濕 湿		水 water	14	17	濕 濕 濕 濕 濕
		ㄕ		shī	1639

丶 丶 氵 氵 沪 沪 沪 沪 湿 湿
濕 濕 濕 濕 濕 濕 濕

濕	濕	濕	濕					

討 讨		言 speech	3	10	討 討 討 討 討
		ㄊㄠˇ		tǎo	813

丶 亠 亍 言 言 言 言 訁 討 討

討	討	討	討					

厭 厌		厂 cliff	12	14	厭 厭 厭 厭 厭
		一ㄢˋ		yàn		1777

一 厂 厂 厂 厚 厚 厚 厭 厭 厭
厭 厭 厭 厭

厭	厭	厭	厭						

聞 闻		耳 ear	8	14	聞 聞 聞 聞 聞
		ㄨㄣˊ		wén		751

丨 冂 冂 冃 門 門 門 門 門
閅 閅 閅 聞

聞	聞	聞	聞						

更 更		曰 speak	3	7	更 更 更 更 更
		ㄍㄥˋ		gèng		353

一 丆 丆 戸 百 更 更

更	更	更	更						

停停		人 person	9	11	停停停停停
		ㄊㄧㄥˊ		tíng	749

ノイイイ广疒庐庐庐停
停

停	停	停	停						

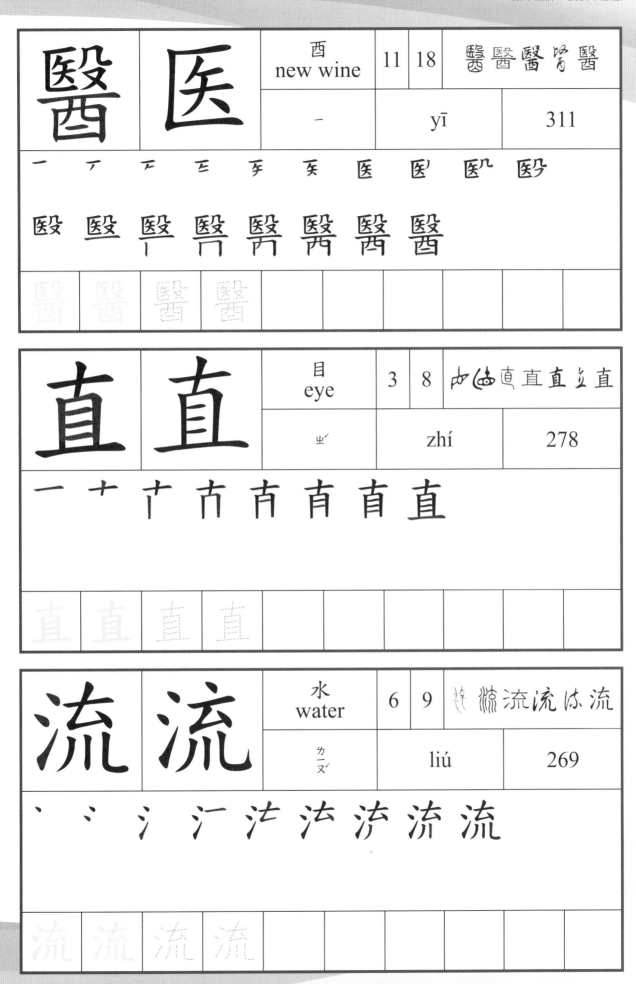

醫 医		酉 new wine	11	18	醫醫醫醫醫
		一		yī	311

一　一　Ｆ　Ｅ　Ｅ　Ｅ　医　医　医ｆ　医ㄅ

医殳　医殳　医殳　翳　翳　翳　醫　醫

醫	醫	醫	醫						

直 直		目 eye	3	8	直直直直直
		ㄓˊ		zhí	278

一　十　十　市　古　吉　育　直

直	直	直	直						

流 流		水 water	6	9	流流流流流
		ㄌㄧㄡˊ		liú	269

丶　丶　氵　汀　汸　汸　浐　流

流	流	流	流						

鼻鼻		鼻 nose	0	14	鼻鼻鼻鼻鼻
		ㄅㄧˊ		bí	1239

ˊ ˊ ㄇ 白 白 自 自 鳥 鳥 鼻

鼻 畠 鼻 鼻

| 鼻 | 鼻 | 鼻 | 鼻 | | | | | | |

痛痛		疒 sick	7	12	痛痛痛痛痛
		ㄊㄨㄥˋ		tòng	590

ˋ 亠 广 广 疒 疒 疒 疒 病 病

痡 痛

| 痛 | 痛 | 痛 | 痛 | | | | | | |

胃胃		肉 meat	5	9	胃胃胃胃
		ㄨㄟˋ		wèi	1797

ˋ 口 月 用 田 胃 胃 胃 胃

| 胃 | 胃 | 胃 | 胃 | | | | | | |

喉 喉	口 mouth	9	12	嗐喉喉唯喉
	ㄏㄡˊ		hóu	2154

ㄧ 丨 �口 口 叮 吖 吖 唯 唯 唯

喉 喉

| 喉 | 喉 | 喉 | 喉 | | | | | |

嚨 咙	口 mouth	16	19	𪕈 嚨 嚨 嚨 嚨
	ㄌㄨㄥˊ		lóng	2873

ㄧ 丨 �口 口 口ˋ 口ˊ 口ˊ 啦 啐 啃

啃 啃 啃 嘖 嘖 嚨 嚨 嚨 嚨

| 嚨 | 嚨 | 嚨 | 嚨 | | | | | |

發 发	ㄅㄟˊ back to back	7	12	𤼅 𤼍 發 發 發 發
	ㄈㄚ		fā	46

ㄅ ㄅ ㄅ ㄅˊ ㄅˋ 癶 癶 癶 癶 癶 癶

癶 發

| 發 | 發 | 發 | 發 | | | | | |

炎	炎	火 fire	4	8	半 半 炎 炎 炎 炎 炎
		一ㄢˊ		yán		1108

丶 丷 丷 丷 丷 火 丷 炎 炎

炎	炎	炎	炎						

病	病	疒 sick	5	10	病 病 病 病
		ㄅㄧㄥˋ		bìng		221

丶 一 广 广 疒 疒 疒 病 病 病

病	病	病	病						

燒	烧	火 fire	12	16	燒 燒 燒 燒 燒
		ㄕㄠ		shāo		1063

丶 丷 丷 火 火 灯 烂 炐 烌 烌
烌 焅 煒 煒 燒 燒

燒	燒	燒	燒						

感感	心 heart	9	13	感感感或感
	ㄍㄢˇ		gǎn	164

一 厂 厂 厂 斤 后 后 后 咸 咸 咸
感 感 感

感	感	感	感						

冒冒	冂 borders	7	9	冒冒冒冒
	ㄇㄠˋ		mào	1377

丶 冂 冂 日 冃 冐 冐 冒 冒

冒	冒	冒	冒						

藥药	艸 grass	15	19	藥藥藥藥藥
	一ㄠˋ		yào	689

丶 十 十 艹 艹 芍 芍 苩 苩 萡
萡 萡 蔹 蔹 蔹 蕐 藥 藥 藥

藥	藥	藥	藥						

局局		尸 corpse	4	7	同局局局局
		ㄐㄩ		jú	547

```
一 コ 尸 尸 局 局 局
```

局	局	局	局						

拿拿		手 hand	6	10	拿拿拿拿
		ㄋㄚˊ		ná	723

```
ノ 人 人 合 合 合 合 拿 拿 拿
```

拿	拿	拿	拿						

把把		手 hand	4	7	把把把把把
		ㄅㄚˇ		bǎ	220

```
一 丁 扌 扌 把 把 把
```

把	把	把	把						

休 休		人 person	4	6	休 休 休 休 休 休 休
		ㄒㄧㄡ		xiū	815

ㄟ 亻 亻 什 休 休

| 休 | 休 | 休 | 休 | | | | | | |

息 息		心 heart	6	10	息 息 息 息 息
		ㄒㄧˊ		xí	649

ㄟ 亻 白 白 自 自 自 息 息 息

| 息 | 息 | 息 | 息 | | | | | | |

睡 睡		目 eye	9	14	睡 睡 睡 睡 睡
		ㄕㄨㄟˋ		shuì	842

丨 丌 刀 月 目 盯 盰 盰 盰 盰
盰 盰 睡 睡

| 睡 | 睡 | 睡 | 睡 | | | | | | |

覺 覚		見 see	13	20	覺覺覺覺覺
		ㄐㄧㄠˋ		jiào	243

ノ ⺍ ⺹ ⺹ ⺹ 𦥑 𦥑 𦥑 𦥑 𦥑

𦥑 𦥑 與 學 學 學 學 學 覺 覺

覺	覺	覺	覺			

臉 脸		肉 meat	13	17	臉臉谷臉
		ㄌㄧㄢˇ		liǎn	704

ノ 丿 月 月 肝 肸 肸 脸 脸

脸 脸 脸 脸 臉 臉 臉

臉	臉	臉	臉			

肚 肚		肉 meat	3	7	肚肚肚肚
		ㄉㄨˋ		dù	1550

ノ 丿 月 月 肚 肚 肚

肚	肚	肚	肚			

吐吐			口 mouth	3	6	吐吐吐吐吐
			ㄊㄨˋ		tù	1461

ㄧ 丨 口 口 口一 吐 吐

吐	吐	吐	吐						

陪陪			阜 plenty	8	11	陪陪陪陪陪
			ㄆㄟˊ		péi	1781

ㄱ 了 阝 阝` 阝宀 阝立 阝立 阽 陪 陪
陪

陪	陪	陪	陪						

健健			人 person	9	11	健健健健健
			ㄐㄧㄢˋ		jiàn	587

ノ 亻 亻 亻コ 亻ヨ 亻ヨ 亻彐 亻聿 亻聿 健
健

健	健	健	健						

康康		广 shelter	8	11	肅 肅 康 康 康 康
		丂尢		kāng		698

、 宀 广 庐 庐 户 序 序 庚 康
康

康	康	康	康						

保保		人 person	7	9	伢 饽 保 保 保 保
		ㄅㄠˇ		bǎo		177

ノ 亻 亻 仴 仴 仴 仴 仴 保

保	保	保	保						

險險		阜 plenty	13	16	驗 險 險 险 險
		ㄒㄧㄢˇ		xiǎn		615

ˊ ㇆ 阝 阝 阹 险 险 险 险
险 险 险 險 險 險

險	險	險	險						

冰	冰	丶 ice	4	6	冰冰冰冰
		ㄅㄧㄥ		bīng	930

丶 冫 冫 冫 冰 冰

冰	冰	冰	冰						

Index by Pinyin

188

拼音	正體	簡體	課
guǒ	果	果	10
guò	過	过	11
H			
hái	還	还	3
hǎi	海	海	6
háng	行	行	7
hǎo	好	好	1
hào	號	号	9
hē	喝	喝	1
hé	和	和	3
hěn	很	很	1
hóng	紅	红	10
hòu	後	后	6
hòu	候	候	7
hóu	喉	喉	15
hù	戶	户	10
huá	華	华	1
huā	花	花	6
huà	話	话	11
huà	畫	画	12
huá	滑	滑	14
huān	歡	欢	1
huàn	換	换	13
huáng	黃	黄	10
huì	會	会	5
huí	回	回	9
huǒ	火	火	8
huò	或	或	8
J			
jǐ	幾	几	2
jī	機	机	4
jǐ	己	己	5
jì	計	计	8
jì	記	记	13
jī	績	绩	12
jiā	家	家	2
jiā	加	加	12
jià	假	假	9
jiàn	見	见	7
jiàn	建	建	9
jiān	間	间	11
jiàn	健	健	15
jiǎng	獎	奖	12
jiào	叫	叫	1
jiāo	教	教	5
jiào	教	教	6
jiào	較	较	8
jiāo	交	交	13
jiǎo	腳	脚	13
jiào	覺	觉	15
jiě	姐	姐	1
jiē	接	接	1
jié	結	结	7
jié	捷	捷	8
jìn	進	进	2
jìn	近	近	6
jīn	金	金	12
jǐng	景	景	6
jìng	淨	净	10
jīng	經	经	11
jiù	舊	旧	4
jiǔ	久	久	9
jiù	就	就	9
jú	局	局	15
jué	覺	觉	3
jué	決	决	9
jūn	君	君	2
K			
kā	咖	咖	1
kāi	開	开	1
kàn	看	看	2
kāng	康	康	15
kè	客	客	1
kě	可	可	3
kè	課	课	6
kòng	空	空	7
kǒu	口	口	13
kuài	塊	块	4
kuài	快	快	8
L			
là	辣	辣	5
lái	來	来	1
lán	籃	篮	3
lán	藍	蓝	10
lǎo	老	老	2
le	了	了	4
lè	樂	乐	13
lèi	累	累	12
lěng	冷	冷	14
lǐ	李	李	1
lǐ	裡	里	6
lǐ	禮	礼	13
lì	利	利	8
lián	蓮	莲	6
liǎn	臉	脸	15
liàng	亮	亮	2
liǎng	兩	两	2
lín	林	林	11
liú	流	流	15
lóng	龍	龙	1
lóng	籠	笼	5
lóng	嚨	咙	15
lóu	樓	楼	6
lù	路	路	8
lǚ	旅	旅	9
M			
ma	嗎	吗	1
mā	媽	妈	2
mǎ	馬	马	2
mǎi	買	买	4
mài	賣	卖	4
máng	忙	忙	7
màn	慢	慢	8
máng	芒	芒	10
māo	貓	猫	9
mào	冒	冒	15
me	麼	么	1
měi	美	美	1
mèi	妹	妹	2
méi	沒	没	2
měi	每	每	7
men	們	们	1
mén	門	门	13
miàn	麵	面	5
miàn	面	面	5
míng	明	明	1
míng	名	名	5
mò	末	末	3
mǔ	母	母	2
N			
nǎ	哪	哪	1
nà	那	那	4
ná	拿	拿	15
nán	南	南	3
nán	男	男	10
nán	難	难	12
ne	呢	呢	1
nèi	內	内	4
néng	能	能	4
nǐ	你	你	1
nǐ	妳	妳	3
nián	年	年	12
niàn	念	念	12
nín	您	您	2
niú	牛	牛	5
niǔ	紐	纽	14

Linking Chinese

當代中文課程 1 漢字練習簿

策　　劃	國立臺灣師範大學國語教學中心	出 版 者	聯經出版事業股份有限公司
主　　編	鄧守信	發 行 人	林載爵
顧　　問	Claudia Ross、白建華、陳雅芬	社　　長	羅國俊
審　　查	姚道中、葉德明、劉珣	總 經 理	陳芝宇
編寫教師	王佩卿、陳慶華、黃桂英	總 編 輯	涂豐恩
英文審查	李櫻、畢永峨		

執行編輯	張莉萍、張雯雯、張黛琪、蔡如珮	副總編輯	陳逸華
英文翻譯	范大龍、張克微、蔣宜臻、龍潔玉	叢書主編	李芃
校　　對	張莉萍、張雯雯、張黛琪、蔡如珮、	地　　址	新北市汐止區大同路一段 369 號 1 樓
	鄭秀娟	聯絡電話	(02)86925588 轉 5305
編輯助理	許雅晴、喬愛淳	郵政劃撥	帳戶第 0100559-3 號
技術支援	李昆璟	郵撥電話	(02)23620308
封面設計	桂沐設計	印 刷 者	文聯彩色製版印刷有限公司
內文排版	菩薩蠻		2015 年 6 月初版・2021 年 4 月初版第十三刷

版權所有・翻印必究
Printed in Taiwan.
GPN　　1010400702
定　　價　400 元

著作財產權人　國立臺灣師範大學
地址：臺北市和平東路一段 162 號
電話：886-2-7734-5130
網址：http://mtc.ntnu.edu.tw/
E-mail：mtcbook613@gmail.com